Il ne faut pas déclencher les puissances nocturnes

Kââ

Il ne faut pas déclencher les puissances nocturnes

ÉDITIONS DU MASQUE

À moi est la vengeance
Deutéronome, XXXII, 35
(ainsi dit le Seigneur)

1

C'était un type furieusement beau, malgré une calvitie naissante et une moustache très blonde à mon avis indigne de son profil fin et ferme. Le genre qui ne passe pas inaperçu.

Pourtant, il n'avait pas un physique qui allait vraiment avec les costumes de ville : ça lui donnait l'air engoncé d'un adjudant-chef en civil. On le voyait plus en vêtements de chasse ou nu comme une statue, et il est clair qu'un Apollon parfaitement grec en costume de ville aurait un air grotesque.

Le type furieusement beau me fixait assez intensément depuis le début de cette cérémonie. C'était un enterrement où il y avait foule et nous étions debout au fond de la petite église triste. J'abomine les enterrements, les prêtres qui font du chantage terroriste au deuil des autres, les leçons de morale qui vont avec, le caractère malsain de ce qui se passe dans le crâne des participants.

Mais comment aurais-je fait pour éviter d'aller dire adieu à Étienne, truand d'un autre âge retiré dans un trou de campagne comme je les aime, mort d'une inévitable crise cardiaque un sec matin ensoleillé d'hiver ?

Dans ma tête, je me faisais ma petite cérémonie personnelle, et le type furieusement beau qui me fixait par instants contrariait ainsi quelques souvenirs que j'avais envie de laisser revenir à la surface.

Il n'y a pas d'endroit plus dangereux pour les truands que les enterrements de truands ; endroits qui grouillent de flics venus retapisser les braqueurs endeuillés. Il ne manquait en effet ni de truands de toutes sortes, ni de poulets de toutes sortes.

À quelle espèce appartenait ce type aux yeux bleus ? Je fréquente très peu le Milieu. Naturellement, vu mes activités habituelles, encore moins les flics. Il pouvait aussi être ni l'un ni l'autre et purement et simplement un honnête fermier du petit village.

Alors il s'appelait Bruno Desarnauds et nous avions été ensemble aux cours de deuxième année de médecine à la très célèbre université de Montpellier. Nous avions même joué ensemble dans une petite formation de jazz tout ce qu'il y a d'éphémère. Il avait incroyablement peu changé en dix ans et il devait se demander ce que je foutais ici.

C'est vrai que nous avions été extrêmement copains. Amis, même, peut-être ? Quand je m'étais mis à avoir des idées nouvelles sur la façon de gagner de l'argent, ça avait été très vite incompatible avec la continuation d'une vie studieuse et adieu l'anatomopathologie.

Je lui fis donc un sourire entendu et un mouvement des yeux auquel il répondit. Cérémonie qui n'en finissait pas, pieds gelés et dos frissonnant.

Comme nous étions debout tout contre la porte, nous fûmes les premiers à sortir, confirmant ainsi la parole évangélique d'après laquelle les derniers seront les premiers.

Le brouillard s'était levé, un soleil magnifique projetait une lumière fine sur l'humidité des choses. Le petit village était encombré de voitures d'un bout à l'autre ou peu s'en fallait ; des voitures comme le Milieu de Pigalle les aime. Provisoirement – certes, très provisoirement –, il y avait ici deux fois plus de truands que d'habitants.

— Salut, Bruno, dis-je.

— Ah ! tu m'as remis, finalement. Je finissais par me demander si c'était bien toi.

— Tu crois qu'ils ont du scotch ? dis-je en poussant la porte délavée du minuscule café qui allait faire fortune dans l'heure.

Je préférais éviter de penser à ce qu'il pouvait être, parce qu'il ressemblait à tout sauf à un truand.

— S'ils en ont, on a intérêt à être servis les premiers, parce que la clientèle de cette église doit en consommer habituellement de belles quantités.

— Ah ?

Nous nous assîmes au bout de bancs en bois. Nous étions les premiers clients, la table entre nous était remarquablement poisseuse et ce qui déformait sa veste était un holster de ceinture surélevé. Choses qui se repèrent à des yeux un tant soit peu exercés.

Vint le whisky dans des verres à bière et le Perrier.

— Ça fait longtemps, hein ?

— Huit ans, à mon avis, dis-je en tournant mes bottes dans la direction du poêle à bois.

— On s'était bien marrés, quand même.

Quand même quoi ?

Dans ce holster, il devait s'agir d'un très officiel Manurhin MR 73.357 magnum. Je ne voyais pas qu'il pût être autre chose que flic.

J'aurais aussi bien fait de me couper un pied, plutôt que d'aller à cet enterrement. C'était un type qui connaissait ma vraie identité. Rien que ça, c'était déjà trop.

— Ça fait bien plus de huit ans, observa-t-il en riant. Tu essayes de te rajeunir ou quoi ?

— Non, c'est vrai, ça fait bien plus longtemps.

La conversation tomba en panne ; il dit, d'un air aussi anodin que les poulets savent faire :

— Tu le connaissais, ce type ?

— Je ne me serais pas déplacé de Paris pour l'enterrement de quelqu'un que j'ignore. Ou alors, il faut être un voyeuriste d'un genre nouveau.

— D'accord, dit-il en riant encore de façon très détendue.

Il avait des dents magnifiques, comme je me souvenais maintenant. S'il lui venait à l'esprit de comparer mon doux visage avec quelques portraits-robots aux archives des affaires bien saignantes, ça lui ferait de la promotion autrement qu'à l'ancienneté.

— Je suis venu en vacances ici quelques fois, dis-je. J'ai bavardé avec ce vieux. Il racontait des histoires marrantes de truands. Il devait exagérer vachement son rôle, mais je l'aimais bien.

Quand on ment, ce qui est extrêmement difficile, il ne faut pas changer la vérité, mais son rapport à la vérité. J'ai connu Étienne bien autrement.

— Il n'exagérait rien du tout, fit Bruno Desarnauds, mon cher ami, d'un air profond et sérieux.

— Ah ?

— Non. C'était un authentique braqueur.

— Ah bon ? Et comment sais-tu cela ? demandai-je avec un air particulièrement stupide.

— Je pensais que t'avais compris. Je le sais parce que je suis flic.

Comment en faire assez et ne pas en faire trop ? Je pris un air étonné-ennuyé qui devait aller à peu près.

— C'est marrant. Je ne te voyais pas en flic.

Il aurait pu me répondre qu'il ne me voyait pas en truand, mais non, il n'en était pas encore là.

Les truands, eux, envahissaient la place, sous les yeux bleus et impassibles de Bruno, qui marmonna quelque chose. Il me sembla entendre : « Rien que des beaux crânes. »

Nous parvînmes à avoir deux whiskies supplémentaires avant que la bouteille ne disparaisse définitivement de notre horizon.

Puisque les truands ont un nez bien connu pour renifler le poulet, que Bruno en était un indiscutable et que je discutais avec le poulet indiscutable, la poétique conclusion dans les têtes voisines est que je devais en être non moins un. Ce qui doit vouloir dire que je n'ai ni une tête de truand ni une tête de poulet, ce qui, en fin de compte, est rassurant.

— Et qu'est-ce que tu fais, toi, maintenant ? demanda Bruno, l'indiscutable poulet.

— Je voyage pas mal, notamment entre Zurich et Paris, mentis-je joyeusement. Je travaille pour une boîte suisse qui est fort discrète et fort efficace sur les marchés financiers internationaux.

Pourquoi pas ? Ce devait être un joli métier.

— Eh ben, tu serais un mec qui intéresserait sûrement la Brigade financière.

Il rit. L'imbécile trouvait ça hilarant. S'il n'y avait eu que la Brigade financière...

— C'est tout à fait honnête, fis-je semblant de protester.

— Oh ! je m'en doute.

Il avait l'air plié.

— On pourrait peut-être déjeuner ensemble, proposa-t-il.

Merde. Le con voulait sympathiser et me coller.

— C'est une bonne idée, dis-je, effondré.

— Ça a pas l'air de te faire plaisir ?

Il avait l'air attristé, l'imbécile. Le crétin souffrait abominablement à l'idée que je pourrais ne pas avoir envie de bouffer avec lui. Le fou était accablé de ce que je pouvais regretter d'être obligé de croûter avec un perdreau. L'abruti.

Ou alors, il y avait autre chose.

— Mais non ; pourquoi ? fis-je.

— Dis que ça t'ennuie de bouffer avec un flic.

— Arrête de te raconter n'importe quoi. On pourrait sûrement être à La Ferté-sous-Jouarre vers 1 heure.

Il eut l'air soulagé.

— Bon. Eh ben... euh... Ouais, bon, je vais dire à mes collègues que je rentre de mon côté. Tu m'accompagnes ?

Merci bien. Me faire retapisser par *un flic*, passe encore, si on n'y peut rien. Mais par cinq ou six, merci beaucoup.

— Vas-y, vas-y. Je t'attends à ma voiture.

— C'est quoi, ta voiture ?

— La Jaguar noire au bout de la rue, à gauche.

— Ah, on l'a remarquée en arrivant. Ça a l'air de rapporter, ton boulot.

— D'occase, dis-je.

Le petit village se vidait, les voitures démarraient les unes après les autres. Je reconnus un ou deux types avec lesquels j'avais parfois travaillé et me gardai bien de les approcher. Ils me regardèrent d'un air curieux. Les types devaient supposer que j'étais en train de me transformer en indic. C'est vrai que, après tout, ça en avait toutes les apparences.

Je rejoignis ma nouvelle acquisition, véritable salon de cuir roulant, Jaguar XJ 6 Sovereign, et fumai une cigarette en évitant de me demander jusqu'à quel point cette rencontre était catastrophique. Sans penser à Valentin, dit le Toulousain. Aucun rapport avec le cassoulet, Dieu sait. Mais Valentin, maintenant, me prenait pour un indic. Un des rares types du Milieu que je connaisse un peu.

Vraiment, c'était une journée réussie.

Puis le poulet fut là, ouvrit la portière.

— T'es pas comme les truands, toi, au moins.

Est-ce qu'il se foutait paisiblement de ma gueule ? Va savoir.

— Ah ? Pourquoi ?

— Pffuhh. Ils sont à la mode allemande. Ne connaissent que BMW.

J'évitai de lui faire remarquer que j'étais peut-être un truand rétro. Tout de même pas lui simplifier la tâche, à ce jeune homme.

Ce jeune homme ? Et toi, t'es quoi ?

— Ouais, ben tu vois, j'aurais jamais cru que je finirais flic. Tu te souviens, en 68, ce qu'on en pensait, des poulets ?

— Je me souviens.

Là encore, je m'abstins de lui dire que je n'étais pas vraiment certain que mon opinion eût véritablement changé en ces matières difficiles des relations des citoyens avec leur police.

— Et pourquoi as-tu fini flic ? demandai-je, puisqu'il avait visiblement envie que je lui pose la question.

— Oh ! pffuhh, des tas de trucs, tu vois.

Il faisait apparemment tout le temps « pffuhh », ce qui n'est pas une notion vraiment précise.

— Ouais, des tas de trucs. Besoin de fric, d'abord. Et puis pas possible de continuer les études de médecine.

Est-ce qu'il allait me faire le coup de la vieille mère mourante ou un truc comme ça ?

— Non. Et puis j'suis tombé sur une super-nana.

Seigneur ! Pourquoi les humains tiennent-ils tant à exposer constamment cette médiocrité qu'ils croient passionnante ?

— Et alors, la super-nana ?

Il fallait bien dire quelque chose : s'il pensait à lui, il éviterait de trop penser à moi. Et je n'avais aucune envie qu'il pense à moi.

— Elle me coûtait bien trop de fric, j'pouvais pas tenir. Et j'voulais pas la quitter non plus.

Le superbe capot noir de la Jaguar flairait les rues de Châlons-sur-Marne. L'autoroute était proche, le soleil splendide et blanc et le flic était un pauvre malheureux. Je dis :

— Et alors, la super-nénette t'a mis le marché en main : elle voulait son beau mec et elle voulait que le beau mec travaille.

Bruno me regarda latéralement et me piqua une cigarette.

— Et son père était commissaire divisionnaire.

Ah ! bien sûr. Le détail essentiel qui me manquait.

— Vu. Tu dois être super-heureux, dis-je en employant son vocabulaire pour le rassurer.

— Tu te fous bien de ma gueule, hein ? Mais c'est vrai que t'as toujours été comme ça.

Nous fûmes de nouveau sur la route libre, je commençais à crever de faim, j'avais envie d'être tout seul, de penser doucement à Étienne, peut-être de traîner à table trois heures en rêvant, et le mec me disait que j'avais toujours été comme ça. C'était un mec qui me faisait retourner dans des tas de souvenirs tristes et des choses affligeantes et déraisonnables. Et je ne voyais pas comment éviter de le traîner un moment encore.

— Je ne me fous pas de ta gueule, Bruno, dis-je.

Vint le péage et je me mis à rouler vers Reims à cent quatre-vingts.

— J'sais pas du tout pourquoi j'te raconte ça.

L'imbécile très malheureux ne comprenait même pas que j'étais au contraire le type idéal pour des confidences un peu grotesques. Il ne pouvait même pas imaginer tout ce que ça faisait ressortir dans ma propre tête. De toutes les façons qu'on s'y prenne, il n'imaginait pas en quoi son sort pouvait être tout ce qu'il y a de commun. Il ne savait pas non plus comment, un jour, j'avais décidé de ne plus souffrir pour les autres. Et peut-être que cette décision entraînait plus de souffrance encore ?

Il s'était jeté assez vulgairement sur la terrine de sole homardine, il avait exécuté son tournedos Rossini et buvait le Bouzy rouge en émettant des « hmmhmm, au poil » absolument déprimants.

— Et alors, ta super-nana ?

— Son père veut que je divorce, souffla-t-il.

— Et elle le veut autant. Et tu ne veux pas. Et il va aussi facilement casser ta carrière qu'il l'a amorcée.

Le Bouzy était extrêmement persistant, selon le vocabulaire des connaisseurs, et ne mentait absolument pas son nez.

— En gros, c'est ça.

Je décidai d'innover en faisant flamber les crêpes à l'Izarra verte. Pourquoi le malheur de ce type oublié sur les rives de ma mémoire il y a beau temps me faisait du bien ? Parce que j'étais content de voir un flic malheureux, ou pour des choses plus inavouables encore ?

Je ne savais pas du tout ce que vaudrait ma nouvelle version de la crêpe flambée et, visiblement, le maître d'hôtel était encore plus inquiet que moi à ce sujet.

— Elle me trompe avec une espèce de minable, dit encore Bruno.

Je ne lui dis pas non plus que ça me semblait devoir appartenir à l'ordre des choses.

— Quelle sorte de minable ? Un prof ou un militaire ?

Vu que dans la tête d'un type comme ça, ça devait être les deux seules catégories de « minables » existantes.

— Un prof.

Il avait l'air absolument accablé. Montait en moi un fou rire assez irrépressible.

— Je l'ai fait suivre, le prof.

— Et alors ?

— Alors, rien.

Les crêpes étaient retournées dans leur sauce d'une main absolument experte, il faisait bon, les odeurs d'une extrême finesse.

— Ça me paraît une réussite, dit le maître d'hôtel.

— C'était un peu risqué, remarquai-je.

— Oui, mais c'est intéressant.

— Le malheur est que je ne vois pas trop quoi boire avec.

— Pourquoi pas un sauternes ? risqua le maître d'hôtel. Je sais bien que c'est un peu passé de mode...

— Tout ce que fait ce type est passé de mode, ricana amèrement mon ami le poulet. Alors, pourquoi pas un sauternes ?

Tiens. Il avait encore par moments des crises d'intelligence. Mais ce qu'il disait ne pouvait valoir pour *tout* ce que je fais : s'il est une chose qui ne risque pas de se démoder c'est le braquage. Mais bon.

— Et alors, le prof ? demandai-je.

— Rien. Ne se drogue pas, fume comme un pompier, boit trop, n'est même pas syndiqué et se saute Judith dans des petits hôtels délicieux de Fontainebleau.

— Et Judith a un air ravi et joyeux quand elle rentre. Elle t'apporte même un petit cadeau.

— C'est exactement comme ça, dit Bruno. Exactement.

Je goûtai les crêpes brûlantes, puis mon Château Sigalas-Rabaud, très judicieux du fait de son manque de gras et de sa très grande finesse.

— Prof de quoi ?

— Hein ?

Il semblait parti on ne sait où, l'esprit volant sans doute à cheval sur une crêpe flambée.

— Le prof, prof de quoi ?

— Ah... Maître assistant de sociologie.

— Dangereux gauchiste ?

— Même pas. Les RG ont bien une fiche sur lui, mais qui n'en a pas ?

— Bien entendu.

Il voulut du café et du marc de Champagne. Vu ce qu'il avait éclusé depuis le début du repas, il allait sûrement avoir la bouche pâteuse pour la fin de la journée.

Finalement, il me faisait de la peine, ce type visiblement accablé. Le type accablé voulut un autre marc, je payai une addition sensationnelle mais exactement justifiée par le repas prodigieux et nous fûmes dehors dans le froid sec.

— Faudra que je t'invite, dit-il. Judith adore avoir du monde à la maison.

J'aurais sûrement droit à une scène de ménage ; comme ça, le tableau serait complet.

— T'inquiète pas, prévint-il, on ne se dispute jamais. Elle va s'en aller, c'est tout.

La Jaguar fila vers Meaux.

— Tu ne crains pas les contrav pour excès de vitesse ? demanda-t-il.

— Maintenant que je te connais, non.

Ça le fit un peu sourire.

— Mon beau-père pense que je suis un mec dangereux, dit-il soudain.

Et on recommence. Il ne restait plus que cinquante kilomètres à souffrir ses jérémiades, alors, autant écouter jusqu'au bout.

— Et pourquoi es-tu un mec dangereux ? Je croyais que tous les flics l'étaient.

— Étaient quoi ?

— Dangereux.

Dire que je connais des psychanalystes qui prétendent faire

valoir que la paranoïa est une psychose qui s'amoindrit avec l'âge. Ce n'était pas son cas.

— Dangereux en quoi ? demandai-je pour dire quelque chose.

— Je le sais pas, moi. Mais c'est ce qu'il répète matin et soir à Judith, que je suis dangereux.

— Et elle le croit ?

— J'en sais rien. J'crois qu'elle commence à le croire.

— Alors, ça lui fait une deuxième raison de se barrer. Son maître assistant de sociologie, baiseur doux et attentif, et le danger que tu représentes. Ou qu'elle commence à croire que tu représentes.

— J'suis pas un mec dangereux. J'suis pas le genre de poulet qui sort son flingue pour un oui ou pour un non. Non, j'vois pas.

Je ne voyais pas non plus et je m'en foutais ; ça me tapait franchement sur les nerfs. Je voulais aller à Vienne où Karola von Werdau-Lössnitz s'était discrètement installée en attendant qu'on l'oublie, j'avais envie de lâcher la Jaguar sur les autoroutes allemandes sous un beau soleil. J'avais envie de choses belles comme les seins et le corps de Karola, *Le Chant de la Terre* de Gustav Mahler, l'homme à qui Freud avait expliqué que s'il le psychanalysait, il ne ferait plus jamais de musique : l'homme qui avait souffert dans sa tête et qui avait continué à faire de la musique. C'était autre chose que les minables chantages d'un beau-père qui vous domine et essaye de faire peur à sa fille, sordides manœuvres pour rien.

La circulation épaississait. Bruno me tendait un carton, carte de visite que je me mis dans la poche. Bien décidé à l'y oublier : c'était une carte de visite en voyage vers la première poubelle venue.

— Faut que je me trouve une chambre d'hôtel, mentis-je. Sans doute au PLM *Saint-Jacques*.

Nous fûmes à la Bastille. Je le laissai au métro, après qu'il m'eut bizarrement serré la main. Il faillit dire encore quelque chose et je le vis dans mon rétroviseur, planté longuement au bord du trottoir.

2

Je m'éveillai et mis, comme d'habitude, un moment à me demander où je me trouvais. C'est le lot des gens qui changent constamment de domicile. Il y avait un corps à côté de moi et je mis aussi un moment à me demander qui en était le propriétaire.

Et puis il était 9 heures et demie du matin, j'avais vaguement mal au crâne, il devait pleuvoir, j'étais dans cette maison louée un prix effrayant, juste à côté de Pontchartrain, et la fille qui adorait faire l'amour s'appelait Danielle, avait des cheveux blonds très épais et très beaux. Elle avait croisé ma nocturne, triste et inutile randonnée dans Paris, cette ville hostile que je hais. Ma trajectoire avait croisé la sienne au moment où je garais la Jaguar noire et sublime rue Victor-Cousin.

Elle avait juste dit que c'était vraiment beau. Et elle l'avait dit simplement comme ça, parce que ça lui paraissait vrai.

— Café ? dis-je.

— Oui, beaucoup, dit la voix curieuse, un peu cassée et basse.

Comme cet énoncé provenait d'une bouche très jolie et dessinée de petite fille, mais que ladite bouche était dans le repli d'un bras lui-même sous cet amoncellement de choses diverses qui font la literie, ce ne fut pas, en conséquence, véritablement clair.

Je fis donc du café, nous bûmes du café, nous eûmes de nouveau envie de faire l'amour, nous fîmes l'amour longuement, et puisque la lecture des journaux est la prière rationnelle du matin, je pris la Jaguar pour faire les deux kilomètres me séparant de la maison de la presse la plus proche.

Le portrait de Bruno Desarnauds était en première page de *France Soir* et le journaliste faisait la litanie des flics morts depuis le début de l'année. Suivait un discours furibond et sécuritaire, celui qu'on entend toujours dans ces cas, aussi sinistrement stupide que démagogique. J'étais complètement glacé.

L'officier de police principal Bruno Desarnauds avait été retrouvé mort dans sa voiture personnelle quelque part en forêt de Fontainebleau. La cause de la mort, elle, était indiscutable : une balle de 11,43 tirée dans l'oreille. Très suffisant.

Je remontai dans la Jaguar en me demandant ce qu'il avait bien pu avoir eu envie de me dire avant de me quitter l'avant-veille. Et qu'il ne m'avait pas dit.

Je comprenais pourquoi il était dangereux : c'est comme *cible*, qu'il était dangereux. Valait mieux pas être trop près de lui.

Et les lamentations journalistiques tombaient à côté : ce n'était pas un flic mort en service, un de ces flics qui y restent parce que les petits truands modernes ont pris des habitudes américaines comme tout le monde, et n'hésitent plus à flinguer. Là, il s'agissait d'autre chose. Ça ressemblait beaucoup plus à l'exécution de quelqu'un qui en sait trop.

Et alors, le très commissaire divisionnaire de beau-père savait cela, ou du moins se méfiait et prévenait sa fille. Et lui, Bruno, ne savait pas ? Ou bien se doutait et c'était cela qu'il avait voulu me confier, avec son air de désespéré sur le bord d'un trottoir de la Bastille, il y avait maintenant trois jours ?

Pour quelqu'un qui prétendait tout oublier de Bruno Desarnauds, j'étais parfait.

Et alors, connard ? disait une voix intérieure, *laisse tomber. D'ailleurs, ça t'arrange : le seul flic capable de mettre un nom sur ta gueule s'est fait dessouder. Tu devrais être content.*

Ouais. Mais je n'étais pas content, moi. Pas du tout. Sans compter que les poulets allaient sûrement se mettre à penser. À penser par exemple à ce type que Bruno Desarnauds avait rencontré à l'enterrement d'un vieux truand et avec qui il était rentré à Paris.

Danielle était drapée dans un peignoir blanc, avait réussi à faire marcher la chaîne stéréo sans rien casser et écoutait ZZ Top, l'album qui s'appelle *Eliminator* et plus précisément le morceau qui a pour titre *It's got me under pressure*, ça m'a mis sous pression. Elle devait avoir un don spécial pour trouver la musique de circonstance. Elle se tourna, sourit, vit ma tête, cessa de sourire.

— Qu'est-ce qui se passe ?

— Rien. On a juste descendu quelqu'un que je connaissais.

— C'est vrai ?

— C'est vrai.

Elle eut un silence, puis :

— Je peux savoir qui c'est ?

— Un flic.

— Tu as des copains flics ?

— Quand je l'ai connu, il n'était pas flic.

— Ah bon. Ça te fait de la peine, hein ?

— Je ne sais pas.

C'était surtout *quoi* faire que je ne savais pas. Et d'abord, fallait-il seulement *faire* quelque chose ? Pourquoi ne pas boucler la maison et filer à Vienne comme je le prévoyais ? Les représentants de l'ordre démocratique allaient furieusement s'exciter à dégoter l'ordure qui avait descendu leur collègue. Ou alors, ça ne ferait jamais qu'un tueur introuvable de plus.

— Tu penses à quoi ?

— La dernière fois que je l'ai vu, au moment où on s'est quittés, il a failli me dire quelque chose. Je ne sais pas pourquoi, je crois que c'est important.

— Tu veux que je refasse du café ?

— C'est une bonne idée.

Elle alla à la cuisine et je téléphonai à Valentin, dit le Toulousain, l'homme qui, m'ayant vu avec un poulet, avait trop rapidement conclu que j'avais tourné à l'indic. Pour indiquer quoi ?

— Bonjour, Valentin, j'espère que je te réveille.

— Tu dessoudes les poulets que tu rencontres, maintenant ?

— Ne dis pas de conneries. Surtout pas au téléphone.

— Ne t'inquiète pas pour ma ligne, elle est propre. Ils ont laissé tomber avant-hier : on ne peut pas être partout en même temps.

Ce que j'apprécie en premier chez Valentin, c'est son remarquable sang-froid et non moins le fait qu'il est très informé de ce qui se passe dans la police. Sans que personne ait jamais su comment.

— Au fait, tu le connais comment, ce flic ?

Voix soupçonneuse de Valentin Manzat, dit le Toulousain.

— On a fait des études ensemble.

— Ah ouais. C'est vrai que t'es un super intello. En tout cas, ça prouve que les études mènent à tout.

S'il croyait qu'il avait l'apanage exclusif de l'humour, et ce, à mes dépens, il se plantait.

— D'accord, dis-je.

— Et alors, il t'a retapissé à cet enterrement, c'est ça ?

— Tu fais tout le temps des progrès, Valentin.

Il y eut un grésillement sur la ligne et un bruit de vaisselle dans la cuisine. À l'autre bout du fil, Valentin devait allumer une cigarette, parce que j'entendis distinctement le claquement d'un briquet.

— Eh ben, pour un mec comme toi qu'est jamais tombé, tu devais être jouasse.

Jolie tournure de style.

— Il n'a pas même eu le temps de songer à ce que je pouvais bien faire dans la vie, fis-je.

— Tu l'as descendu avant ?

— Arrête de déconner.

J'étais en position de demandeur, d'accord. Je voulais bien supporter son ironie, d'accord. Mais le camarade Valentin ne devait pas exagérer.

— Bon. Qu'est-ce que tu veux ?

Ah, quand même.

— Il n'a pas eu le temps de songer à moi, parce qu'il m'a raconté sa vie.

— Hé, hé, habile, comme d'habitude. Et c'était quoi, sa vie ? demanda le camarade Valentin, toujours curieux et friand du malheur des autres.

— Marié à la fille d'un commissaire divisionnaire, lequel commissaire divisionnaire passait son temps à expliquer à sa fille que son poulet de mari était dangereux. J'ai compris ce matin pourquoi il était dangereux.

— Ouais. Pas un mec à approcher, quoi. Et comme tu ne connais pas le nom de jeune fille de la nana, tu te dis que je pourrais peut-être savoir le nom de ce divisionnaire qui sait à quel point son gendre est dangereux. Tu comptes en faire quoi, de ce divisionnaire ? Le kidnapper ?

— Je ne sais pas encore, simplement lui causer. Je ne vais pas kidnapper un poulet, crétin.

— Je peux peut-être me rencarder, dit Valentin. C'est quoi, la musique que tu écoutes ?

— Je te dirai ça vers 7 heures, ce soir, au moment où tu m'offriras l'apéro.

Valentin rit et raccrocha. J'en fis autant et Danielle apporta le café. Je me sentais curieusement bien avec cette fille incroyablement douce que je ne connaissais pas douze heures plus tôt. Je ne savais même pas ce qu'elle faisait, ni même son nom de famille. Étudiante, sans doute.

— Étudiante, sans doute ?

— C'est ça. Ça se voit si facilement ? Qu'est-ce que tu vas faire pour ton copain ?

— Je vais essayer de me renseigner.

Elle eut un air songeur.

— Pourquoi ne faut-il surtout pas dire de conneries au téléphone ?

— C'est très vilain d'écouter ce que disent les gens.

— Je n'écoutais pas, répondit-elle, j'entendais.

Autant pour moi.

— On ne sait jamais. Ça existe, les écoutes téléphoniques.

— Tu as l'air de fréquenter de drôles de types.

Si elle avait su.

— Étudiante en quoi ?

— En physique. Je termine un diplôme sur l'antimatière.

— Ah, vous vous promenez du côté de Paul Dirac, des positrons. Toute cette histoire d'état *psi*.

Non mais. Elle n'imaginait tout de même pas que j'étais d'une ignorance crasse.

Je ne la terrassai point. Elle prit un air adorable, pour dire de sa voix bizarre et belle :

— Tiens, tu connais ça ?

— Oh, deux ou trois notions, c'est tout. À mon avis, Dirac est au moins aussi important qu'Einstein, même s'il est moins célèbre.

— Il est mort il y a quinze jours, dit-elle.

— J'ai lu cela.

J'aurais bien aimé continuer la conversation sur Dirac, l'antimatière, les curieuses propriétés mathématiques de la fonction delta et d'autres choses aussi belles, mais il était question d'un flic qui avait été mon ami il y avait très longtemps de cela et qu'on avait tué. J'avais envie de savoir pourquoi il était dangereux. Et c'était la pire folie. Mais je n'aime pas qu'on tue mes amis, même quand je les ai oubliés, qu'ils sont devenus plutôt chiants et même flics, ce qui est complet.

— Tu me ramènes à Paris ?

— Bien sûr. Je ne sais pas si on se reverra.

Ses yeux se plissèrent, elle eut un air horriblement triste.

— Tu ne veux pas qu'on se revoie ?

Elle ne pouvait pas savoir ce que « dangereux » veut véritablement dire.

— Mais si, bien sûr. Il faut que tu me laisses ton adresse.

— C'est chez mes parents, mais ils sont vraiment très chiants et cons. Non, mon père est chouette, c'est ma mère qui est une vraie catastrophe ambulante.

Côté inconscient, elle était transparente.

J'avais longuement hésité. J'avais d'abord songé à téléphoner à la très chère veuve du flic mort, mais je ne savais rien de ses réactions et d'autre part, sa ligne était certainement sur écoute. Alors j'avais laissé la Jaguar vraiment trop peu discrète au parking de Saint-Sulpice, un taxi m'avait emmené à une vitesse terrifiante à la porte de Vincennes, et ensuite j'avais pris le RER jusqu'à Saint-Maur. Bruno avait donc habité dans cette petite maison assez laide, avec un jardin trop petit et prétentieux. Et aussi, une maison difficile à surveiller dans cette rue déserte. En attendant, il n'y avait aucune voiture banalisée.

Je réussis quand même à planquer à vingt mètres, plus ou moins masqué par une cabine téléphonique. Heureusement, il ne pleuvait plus.

Quand vous avez décidé de jouer les poulets, il vous incombe ce qui leur incombe : faire essentiellement le poireau au bord de trottoirs. Si rien ne se passait d'ici ce soir et que je doive donc recommencer le lendemain, je louerais une R5 banale et m'installerais plus confortablement. Je tombai en panne de cigarettes à 4 heures et demie, en même temps que de tristes nuages décidaient de remettre le couvert.

Judith Desarnauds mit le nez dehors à 5 heures moins dix et partit à pied. J'espérais que ce n'était pas pour aller acheter son pain. À moins que je ne suive sa femme de ménage ? En tout cas, c'était une femme qui sortait de la maison intéressante et son manteau n'était pas, sans doute, du genre de ceux que devait porter la femme de ménage. Elle avait un visage impassible, des cheveux blonds noués en chignon, devait vouloir ressembler à une actrice, mais je ne voyais pas bien laquelle. Apparemment une fanatique du talon aiguille.

Je fus soulagé de voir qu'elle prenait le RER. C'est une chose désagréable de suivre les gens. Voyeurisme. Bon.

Je montai dans le même wagon qu'elle en me demandant vraiment quel intérêt il y avait à la suivre. Elle changea à Châtelet, prit Porte d'Orléans et sortit à Saint-Michel dans une horrible cohue de gens aux vêtements mouillés.

Ensuite, elle remonta le boulevard Saint-Michel et alla s'installer à la terrasse d'un café. Elle commanda un citron pressé chaud (quelle horreur !), j'achetai *Le Monde*, des cigarettes et avalai mon demi à trois tables d'elle en constatant qu'elle avait des jambes superbes. J'étais moins converti au tailleur de cuir noir que je trouvais un peu vulgaire. Mais peut-être que c'est du goût des maîtres assistants en sociologie ?

À mon avis, le type qui la rejoignit était tout sauf un maître assistant en sociologie. Il avait cet air dur que certains poulets adorent avoir quand ils ne se sentent pas trop sûrs d'eux. Tête, donc, d'un poulet qui fait des extra. J'aurais bien aimé savoir ce qu'ils se racontaient, cette Judith me paraissait en tous points une fille captivante.

La fille captivante n'avait pas tellement l'air d'apprécier ce que lui racontait le mec qui se donnait un air dur-dur. Il aurait dû essayer de jouer le rôle du méchant dans *Les Maîtres de l'univers* : il aurait fait très peur aux petites filles.

Au bout d'un bon quart d'heure, le type se leva, eut un index menaçant en direction de Judith Desarnauds. Celle-ci haussa les épaules, se leva, dit quelque chose sur un ton que je ne sus pas interpréter, et l'autre mit sa main à sa poche et sortit deux pièces de dix balles.

C'était donc quelqu'un qui payait aussi des citrons pressés chauds. Quel homme ! Je décidai de suivre l'homme qui payait des citrons pressés chauds.

Il alla vers la station de taxis à l'angle du boulevard Saint-Germain pendant que Judith Desarnauds partait à l'opposé. Et, chose prodigieuse entre toutes, il y avait des taxis. Il monta donc dans une CX diesel et je dus me contenter d'une 504 non moins diesel qui avait visiblement oublié depuis très longtemps que jadis elle avait été belle, riche de choses admirables. Par exemple, des amortisseurs.

Mon chauffeur avait un air modérément idiot, s'excitait sur les possibilités de French Devil dans la troisième à Auteuil.

— Tu suis la CX de ton pote, dis-je.

— Adaoui ? C'est pas mon pote. Et pourquoi je suivrais ? Z'êtes un poulet ?

— Non. Un pédé qui suit son mec. Je crois qu'il va me tromper avec une femme.

— Z'êtes un marrant, vous, hein ?

— Exactement.

Les rues étaient noires, jaunes, bruyantes, brillantes. En tout cas, c'est comme ça que se présentait le boulevard Saint-Germain. La CX le descendit jusqu'à la Seine et une rengaine stupide me vint à l'esprit. Interminable trajectoire dans les embouteillages, l'humidité collante de cette ville que je vomis. À la fin, la CX s'arrêta devant un immeuble récent, avenue de la Dame-Blanche, en bordure du bois de Vincennes. Caniches bien élevés le jour, soupeurs la nuit : tout un programme.

— C'est un soupeur, vot' mec ? demanda mon chauffeur, qui avait l'air de connaître le coin. Il commence tôt.

— Non, dis-je, c'est un caniche bien élevé.

Il prit un air ahuri, ne comprenant rien, et je ne voyais pas ce qu'il aurait pu comprendre.

— Tu me laisses au coin de la rue, là, au feu, fis-je.

Je larguai cent balles et il disparut pour continuer sa méditation sur les chances de French Devil dans la troisième à Auteuil. Je m'avançai à l'abri des pauvres arbres malades et observai l'immeuble dans lequel il était entré.

Était-ce son domicile, à ce poulet ? Et pourquoi serait-ce un poulet ? Bon. Attendre, encore. C'était un immeuble qui avait au moins vingt appartements. Va savoir où l'imbécile est niché. Peut-être allait-il ressortir ?

Pour l'instant, ma minable enquête ne menait exactement nulle part. J'étais un con. J'aurais bien mieux fait d'aller poser des questions à Judith Desarnauds sur ses fréquentations. Et il était temps d'aller demander à l'ami Valentin qui donc était le père de Judith Desarnauds, l'homme qui savait que son gendre était devenu une cible. Mon pote qui payait des citrons pressés chauds et qui avait des airs méchants ressortit de l'immeuble et se dirigea directement vers moi.

Il arriva donc droit, en retrait sous les arbres pourris, pieds dans les feuilles encore plus pourries ; les pluies acides, je crois.

Il avait l'air encore plus méchant, d'après ce que je pouvais voir dans l'obscurité glauque, avec la lumière qui venait par-derrière lui. C'était un mec qui ne manquait pas de courage et qui avait la main sur un flingue dans son étui de ceinture surélevé sous son blouson. Au fond, c'était un mec qui faisait un peu comme moi.

— T'es qui, toi ? Hein ?

Il n'avait pas du tout envie de discuter. Une voiture passa derrière lui, cela illumina un court instant le mouvement de ses lèvres et de son visage en entier et je conçus que le type pouvait bien avoir l'air méchant. Également, il était terrorisé. Et, par suite, il était vraisemblablement prêt à tirer sur n'importe qui. Il n'était pas déraisonnable d'essayer de le calmer.

Il arracha de son étui de ceinture un Taurus modèle 82, revolver très peu réglementaire, intéressant à cause de son canon lourd, gorgé de .38 spécial. Réglementaire ou pas, c'est une chose qui marche extrêmement bien. Les nouvelles munitions de .38 valent bien le .357 magnum et c'était un type qui avait la tête à avoir ces nouvelles munitions.

— Tu me suis depuis quand ? Je t'ai repéré depuis chez moi.

Je reculai un peu.

— Au cas où vous rangeriez cela, ça ferait une bavure policière de moins.

— T'es un mec qui sait rigoler, hein ? Ça va pas être très long avec toi.

D'accord. Je commençais à voir. Je dis :

— La flèche, c'était toi ou Bruno ?

Une flèche, c'est celui qui, dans un tandem de poulets, prend les décisions. Il dit :

— C'était lui.

— Je comprends, dis-je.

— Vous êtes quoi ? L'IGS ?

— Je peux aussi bien être un de ces mecs qui ont assaisonné Bruno.

— Non. Je serais déjà terminé.

— Ils sont comme ça ? demandai-je.

— Oui. Ils sont comme ça.

— Vous pourriez peut-être remballer ce .38, alors ? Et on irait se taper un plateau de fruits de mer à la Bastille.

Il hésita, faillit essayer de nouveau son air méchant qui lui allait si mal, le Taurus modèle 82 retourna au chaud sous son blouson.

— Je suis chez une copine, ils ne m'ont pas encore localisé.

Je ne lui dis pas que moi, j'avais mis extrêmement peu de temps à le localiser. Il suffisait de suivre Judith Desarnauds pour ça. Les flics n'ont pas l'habitude d'être suivis, j'imagine. En général, c'est plutôt le contraire.

Il avait porté assez longuement une moustache, laquelle moustache il avait fini par raser. À la lumière de la rue, on voyait une ombre spéciale au-dessus de sa bouche. Une bouche raide et un peu épaisse.

Le type était comme sa bouche et son absence de moustache : raide et un peu épais. Nous allâmes vers la lumière, et lui préférait demeurer dans la pénombre du bois.

Nous nous étions mis en marche vers la station Château

de Vincennes et il méditait horriblement. À mon avis, pour lui, ce devait être très nouveau comme activité.

Il y vint :

— Et alors, t'es qui ? Vous êtes qui ?

— La seule possibilité est que je sois un copain de Bruno.

Le plateau d'huîtres était placé entre nous et, évidemment, il y avait bien trop de glace. Ça gelait exagérément les mollusques. Je mis un peu de sauce aux échalotes sur un de ces mollusques qui se contracta sous l'effet de l'acide. Le résultat était délicieux.

— Qui ?

C'était moi qui posais cette question après le mollusque qui n'aimait pas le vinaigre et un peu de muscadet. J'allumai une cigarette filtre.

— Je ne sais pas.

Une autre réponse m'aurait étonné. Je mis la main sur un nouveau mollusque, gobai l'huître sans rien et cette chose encore vivante se mit à expérimenter les acides dévastateurs de mon estomac. Valentin devait attendre et il était seulement huit heures. Il y avait aussi le goémon indispensable autour des belons. Autour et en dessous. Et pourquoi pas la petite fille qui se nommait Danielle ? Là, maintenant.

— Tu prends un taxi et tu viens manger des huîtres, dis-je à Danielle.

— Tu es fou.

— Bien entendu. Dans combien de temps ?

— Une demi-heure, dit-elle.

Et elle riait. Et la dame-pipi-téléphone ne riait pas le moins du monde. Elle avait dû oublier de rire à peu près cent ans plus tôt. J'avais besoin excessivement du rire de Danielle pour compenser la tête sinistre du poulet qui ne disait mot, qui ne savait pas.

Et n'avais-je pas tort de vouloir qu'elle soit là ?

Je composai ensuite le numéro de Valentin.

— Je croyais que tu passerais, dit-il. Je suppose que tu as rencontré un tonneau de bourbon sur ton chemin.

Quel humour, ce cher Valentin, décidément.

— Qu'est-ce qu'on se marre ! fis-je.

— C'est un commissaire divisionnaire des Renseignements généraux, dit Valentin. Commissaire divisionnaire Claude Tourouvre, rue de Glatigny au Chesnay. Il a également, paraît-il, une propriété en Normandie.

— Ça gagne bien sa vie, aux RG, fis-je remarquer.

— Il paraît que sa bonne femme croule sous le pognon.

Impossible de savoir où Valentin allait chercher ses informations. En son genre, il valait le *Canard Enchaîné*.

— Valentin ?

— Hm ?

— Tu fais quelque chose, là ?

— Je t'attendais. C'est une façon de faire quelque chose.

— En ce moment, je suis en train de bouffer avec un flic...

— Encore ! Mais c'est une manie !

— Ce flic est la flèche de l'autre. Non, c'est le contraire.

— Eh bien, tu ne perds pas de temps. Et tu préférerais que je couvre. Tu crains quoi ?

— Je ne sais pas, sans doute rien.

— Je vais emmener Dinou.

Dinou est le surnom grotesque que Valentin donne à son Beretta modèle 93 R, 9 mm parabellum.

— C'est une bonne idée, fis-je, ça lui fera prendre l'air.

— Je voulais te dire également que tu me fais chier au plus haut degré, mais tu n'en as évidemment rien à foutre.

— Dans une demi-heure. Je serai avec le poulet et une

nana. C'est le poulet qu'il faudra couvrir quand on sortira. En principe, il retournera chez lui, avenue de la Dame-Blanche à Vincennes.

— Vingt minutes, fit Valentin avant de raccrocher, pour que je n'aie pas à le remercier.

3

Le flic qui avait peur fumait une cigarette d'un air songeur, et il y avait maintenant foule dans le restaurant. En prévision de l'arrivée de Danielle, le flic me dit qu'il s'appelait Étienne Pezetta, que ce n'était malheureusement pas un nom qui rapportait du fric, et moi, au fait, qui donc étais-je, et il ne savait pas pourquoi, mais ma douce gueule lui disait quelque chose très vaguement.

— J'ai joué il y a très longtemps dans des films qui n'ont eu que de tous petits succès, mentis-je gaiement.

Ma tête lui disait quelque chose parce que l'Identité judiciaire avait une fois ou deux fait de moi d'assez réussis portraits-robots. Il avait de nouveau un air méfiant, ne paraissait pas du tout croire à cette histoire de films.

Pour le distraire, je recommandai des huîtres et du muscadet et racontai de façon joliment romancée comment j'avais connu sa flèche, comment on s'était retrouvés par hasard, que je travaillais pour une banque internationale (rebelote) et quantité d'autres bricoles.

— C'est pas au cinéma que je vous ai vu. Non, vous ressemblez à quelqu'un, mais je ne vois pas qui.

Le crétin ne voyait pas qui. Loué soit le Seigneur qui faisait qu'il ne voyait pas qui.

— Parlez-moi de Judith. Qu'est-ce qu'elle vous a dit ?

— C'est moi qui lui ai dit de se méfier, mais elle m'a ri au nez, comme vous avez pu voir. Bruno était marié avec une conne doublée d'une salope.

C'était gentiment dit. Un peu excessif peut-être.

— On a tué Bruno parce qu'il était gênant pour quelqu'un.

Forte constatation. Dehors régnait la nuit mouillée très parisienne et gluante. Un taxi Volvo s'arrêta et Danielle en descendit, sanglée dans un trench-coat noir qui lui allait exactement.

— Judith m'a dit aussi qu'elle trouvait, comment a-t-elle dit ? euh... oui, grotesque, mon rencard pour que je lui dise ça et que c'était rien du tout et que...

— Bonsoir, fit Danielle.

— Officier de police judiciaire Étienne Pezetta, dis-je.

— Asseyez-vous, dit l'officier de police judiciaire.

Ça me faisait du bien de la voir, là. Elle s'attaqua aux huîtres et demanda si elle croyait possible d'avoir un peu plus de pain de seigle. Valentin gara sa Golf GTI blanche en double file et se mit à attendre. D'où il était, il nous voyait inévitablement. Tout ça faisait que je me sentais plus à l'aise. Le poulet prit du fromage de chèvre et je lui dis que Danielle était au courant de tout.

— J'ai beau réfléchir, fit le poulet qui semblait avoir de nouveau confiance en moi, je ne vois pas.

On voyait ce qu'il ne voyait pas.

— Sur quoi travailliez-vous ces temps-ci ? À moins que ce ne soit secret.

— Rien du tout de secret sur les immigrés clandestins du côté de Barbès. Rien de lourd ou de grave. Du train-train de vérification d'identité. De toute façon, il n'y a rien eu là-dedans que Bruno aurait su sans que je le sache aussi.

Je ne lui demandai pas pourquoi, finalement, il avait peur. L'officier de police judiciaire Étienne Pezetta ne disait pas tout. Restriction mentale, élevé chez les jésuites, pas de problème.

Tout ça ne menait nulle part, exposait dangereusement mon doux visage de truand romantique à des yeux qui étaient des yeux de poulets et la mémoire des poulets est une chose terrifiante. Et pourquoi, s'il avait peur, ce flic, ne pas demander aide et protection à ses petits copains ? Par orgueil, ce vice humain fondamental et qui tue, ou bien pour autre chose ? Par exemple parce qu'il se méfiait de certains de ses collègues ? Règlement de compte entre flics, est-ce que ça existe ? Et pourquoi ça n'existerait pas ?

Dehors, une BMW recula et Valentin gara sa Golf GTI à la place laissée libre. Il entra, s'installa et commanda une Guinness. Valentin est un grand type osseux avec une calvitie précoce, un front très haut et un sourire niais au sujet duquel le mieux est d'éviter de faire des contresens. Les yeux du Toulousain viennent d'ailleurs démentir le sourire niais de façon alarmante, si on y prend garde.

— Le commissaire divisionnaire Claude Tourouvre, c'est lui qui chapeaute les affaires d'immigrés clandestins ? demandai-je tranquillement.

— Comment vous le connaissez ?

Je pris l'air de l'évidence ahurie, ce qui, je le crains, me va peut-être très bien.

— Mais... parce que Bruno m'avait dit que c'était son beau-père.

Je n'ajoutai pas que ledit beau-père trouvait son gendre dangereux.

— Ah...

Il mit un temps.

— Non, il ne s'occupe pas du tout des immigrés. Son rayon, c'est le politique.

— Corses, Basques, Bretons ?

— Voilà.

Il avait un air bizarrement triomphant à quoi je ne compris rien. Mais peut-être que je me trompais. En attendant, j'avais bien perdu mon temps. Je me mis à me demander si Danielle serait d'accord pour rentrer à Pontchartrain avec moi et si Valentin se ferait un plaisir de nous ramener à la Jaguar.

— Bon, ben, je crois que je vais rentrer.

Ainsi disait le flic.

— Vous savez, ajouta-t-il, je crois que vous ne devriez pas continuer votre petite enquête.

Il n'était pas menaçant, il était bizarre.

— Oui, dis-je. Vous avez sûrement raison. Ça ne sert à rien et pendant ce temps-là, mon boulot ne se fait pas.

Cette fois, il eut un air rusé et ricaneur.

— Ce n'est pas ce boulot-là que vous faites et vous ne vous appelez pas comme vous dites.

Aïe.

Danielle le regarda, me regarda. Interloquée.

— Parce que je sais où j'ai déjà vu ta tête. En portrait-robot.

Ça devait arriver. Il y avait une éternité que je savais que ça allait arriver et ça arrivait là, maintenant.

— T'es un pauv' con, mais je dois dire que t'es assez culotté.

Et moi qui lui payais des belons à des prix faramineux.

Autour du plateau vide où le varech se mélangeait à la glace et aux coquilles vides, l'atmosphère était plutôt compacte. Ça bavardait gaiement dans cette brasserie, et Valentin, à ma droite, comprenait que soudain, quelque chose ne tournait pas rond.

— On va sortir gentiment sans faire d'esclandre, dit-il encore. Tu passes devant.

Puis il s'adressa à Danielle :

— Toi, la femelle, tu déconnes pas.

D'accord, belle expression. Je me levai donc tout doucement et Valentin aussi se leva.

— Je crois que tu fais une connerie, dis-je gentiment.

— Mais bien sûr, fit-il en rigolant. Je tombe un beau crâne insaisissable, au point qu'y a des fois, on s'est demandé si t'existais, et je fais une connerie.

— Je croyais qu'il ne fallait pas procéder à des arrestations tout seul. Surtout avec un mec aussi dangereux que moi.

— C'est ça, c'est ça, allez, tu sors que j'appelle une voiture. Avec tout ce que t'as sur le dos, ça veut dire perpète à Clairvaux.

C'était un flic qui jubilait.

Je sortis devant, Danielle derrière moi, lui derrière Danielle, la main sur son Taurus indiscutable.

Et bien entendu, Valentin sur ses talons. Valentin allait être obligé d'opérer en plein trottoir et ça me paraissait être le début d'une jolie cavale. Danielle se rongeait au sang l'ongle du pouce gauche.

Nous fûmes sur le trottoir.

C'était une modeste Honda 400 très maniable en ville et ils étaient deux. Celui qui était assis à l'arrière portait une combinaison de cuir noir, des gants noirs. Le gant noir qui cachait la main droite serrait de façon très professionnelle un très impressionnant et efficace revolver qui, de loin, me parut être un Dan Wesson modèle 14-2.357 magnum. Ce n'était tout de même pas la question principale, de savoir la marque de ce revolver, tout de même je me jetai sur Danielle qui roula sur le trottoir en criant, avec moi par-dessus. Le temps de me tourner, j'entendis trois fois le départ des .357

magnum, le hurlement de la moto qui démarrait et l'officier de police judiciaire Étienne Pezetta devint un corps en proie à la démence des impacts, corps violemment, épouvantablement repoussé en arrière dans le restaurant. Lorsque les balles eurent fini de traverser ce corps – mort avant d'avoir touché terre –, elles poursuivirent ; l'une d'elle arracha le bras d'une dame très honorable et les deux autres se contentèrent d'aller déchiqueter les paquets de cigarettes en fin de trajectoire.

Valentin était déjà au volant, reculait, je poussai Danielle hallucinée dans la Golf GTI, la moto des tueurs filait dans la rue de la Roquette, Valentin grilla le feu rouge et fonça après eux sans dire un mot. Il avait toujours son sourire niais. Valentin monta à cent soixante dans la ligne droite de la rue déserte.

La Honda grilla le feu au bout de la rue, traversa le boulevard en évitant une 305 dont les pneus hurlèrent. Valentin contourna la 305 à plus de cent dix, les pneus de la GTI hurlèrent à leur tour interminablement et le type qui était à l'arrière de la moto se retourna pour tirer.

Valentin m'avait passé dans la seconde même son Beretta modèle 93 R qui répond au doux nom de Dinou.

Vingt-trois heures cinquante-quatre. Le type tira, sa balle alla se promener ailleurs que dans l'habitacle de la Golf. Je tirai deux fois à mon tour, par la fenêtre grande ouverte et je ratai aussi bien que lui.

— Ça monte à combien, une Honda 400 ? demandai-je à Valentin.

— Pas la moindre idée.

Sur le boulevard qui mène à la Nation, tous les feux étaient au rouge. La moto les grilla successivement à peu près à cent quarante, doublant follement tout. Valentin passa sur la gauche d'une voiture qui allait tourner à gauche, terrorisant sans doute le conducteur.

Place de la Nation. Puis autre rue, place Daumesnil. Pavés très gras et le conducteur de la Honda allait vraiment trop vite. La Honda partit donc en un dérapage absolument pas contrôlé, éjecta ses habitants et glissa, couchée à travers la place.

Le conducteur passa en conséquence sous les roues d'une GS et le tueur assis à l'arrière fit une très belle pirouette par-dessus une vieille 404 bourrée de gens peut-être maghrébins. Valentin pila, la Golf GTI se mit en travers, glissant interminablement. Elle finit en tête-à-queue contre le bord du trottoir et le type qui allumait des flics à coup de Dan Wesson modèle 14-2 se releva.

Vraisemblablement, il devait avoir le tournis. Après être passé sur un corps humain, le conducteur de la GS sortit en hurlant. Ça faisait un beau spectacle. Le type releva son Dan Wesson, flamme au bout de sa main. Impacts certains dans la Golf, cette fois. C'était un type qui, maintenant, était en trop sur la planète. Il fallait s'arracher. La Golf GTI de Valentin était-elle cuite ? Il tira deux fois et je conclus qu'il n'avait plus de munitions dans le superbe revolver. Même avec des *clips*, il n'avait pas le temps de recharger. Il se mit à filer vers le métro.

— Démerdez-vous, dis-je à la volée à Valentin et à Danielle. À Pontchartrain tout à l'heure.

Je me mis donc à courir vers le métro. J'avais remisé (très provisoirement) Dinou, le Beretta parfait de Valentin, et j'avais envie de m'envoyer le tueur qui remettait des clips de .357 magnum dans les chambres vides de son Dan Wesson tout en dévalant les escaliers du métro.

À peu près vide tout ça. Tout ça : le métropolitain. J'avais une envie d'uriner effroyable, produite par les excès de muscadet.

Le type déboucha sur la ligne vers Créteil. Il avait l'air

égaré, avait posé son casque sur un banc de la station et remballé lui aussi son flingue.

Jaune général des stations de métro et bleu-blanc du wagon moyen. Abominable mélange de couleurs. Il me jeta un coup d'œil. Avait envie de fuir, le pauvre crétin. N'osait pas non plus me tirer comme ça. Moi, je l'aurais bien tiré, mais j'avais envie qu'il me raconte des choses. Il me fallait un lieu désert et le pauvre malheureux, en sueur sous sa combinaison, allait stupidement vers un lieu désert.

Les wagons bleu-blanc arrivèrent. Des wagons prétendant ressembler à un diamant ? Nous montâmes dans le même, mais nous n'allâmes pas jusqu'à nous installer face à face. Ou vis-à-vis ?

Ce n'était pas un wagon absolument désert : deux vieux rentraient tardivement habiter pour une ancienne vie un pavillon de banlieue. Et le petit tueur évitait mon regard, gardait la main dans l'ouverture de sa combinaison. Il devait commencer à se dire que tout ne se déroulait pas conformément aux plans. Dans le fond, il m'arrangeait, puisqu'il m'avait libéré de la tâche ingrate de me défaire d'un poulet trop entreprenant. Mais ses chers collègues auraient très envie de savoir avec qui Étienne Pezetta avait dîné. Ça faisait un joli portrait-robot de plus en perspective.

Les deux vieux descendirent à Créteil-Léchat et je sortis tranquillement Dinou en me demandant comment Valentin s'en sortait avec Danielle et ce qui se passait dans la tête de Danielle elle-même. Le tueur était un type blond, à mon avis extrêmement blond et beau. Mon pouce enleva la sécurité du Beretta, le train vint en surface. Il pleuvait toujours.

Il se jeta d'un coup sur le signal d'alarme, le métro stoppa quasi sur place. Il ouvrit la portière et se mit à cavaler sur le bord de la voie, cherchant soudainement une issue dans les lumières blanches et jaunes alentour, filant comme un dingue.

Il n'y avait plus qu'à suivre, délaissant déjà la rame de wagons immobilisés sous la pluie.

Il cherchait donc son issue, courant vers le tunnel. Je ne le rattrapais pas et le distinguais de plus en plus mal. À l'entrée du tunnel, il s'arrêta, je compris qu'il allait tirer.

Il tira pendant que je me jetais à terre, le nez à vingt centimètres du rail à haute tension. Sous la lumière noire, bleue, jaune, blanche, dans la pluie, ça devenait un peu un cauchemar. J'en avais marre, je tirai deux balles du Beretta. Je ne savais pas ce qu'il y avait dedans, et à mon avis, le 9 mm parabellum est un calibre un peu désuet.

Je n'aime pas tirer couché. Une douille fit un bruit métallique en sortant de la fenêtre d'éjection pour frapper un rail.

Il tira une nouvelle fois, mais j'avais roulé déjà en bas du ballast. Assez. Maintenant, il fallait dégager. Course-poursuite pour rien du côté de Maisons-Alfort. Passionnant. Et j'étais le mec passionné, glacé dans la pluie, la tête contre un rail à haute tension, et j'étais aussi le crétin qui avait voulu cela. Il y avait la Jaguar Sovereign qui sentait si bon le cuir, la maison de Pontchartrain et le corps délicieux de Danielle.

Comment faisait Valentin ? Ça me taraudait. Il fallait en finir avec le petit tueur et je voulais savoir qui le commanditait. Aussi, j'en avais marre de tout.

Et ça ne se passe jamais comme on prévoit. Il cria :

— Hé !

C'était quoi ?

Son corps était à trente mètres, le Beretta qui s'appelait Dinou avait une dérive non négligeable à droite, je savais compenser cette dérive, je pouvais le détruire, trouver un taxi. Fin de l'histoire.

Scène de RER la nuit et il pleut. Et le type disait « Hé ! »

J'allais me relever pour faire la paix et il allait me tirer comme un bon gros sanglier qui sort du sous-bois pour s'envoyer du maïs à n'en plus terminer. J'étais sur mon bas de ballast et ça ne rimait à rien. Je dis :

— Oui ?

— J'arrête.

Je ne sais pas pourquoi, je me relevai, le Beretta à la main, plein le cul de tout, jusque dans le détail.

Et il ne me tira pas dessus avec son Dan Wesson. Il l'avait pendant au bout du bras, debout contre son tunnel, les cheveux blonds.

Il était très beau. J'allai vers lui.

J'arrivai à deux mètres, il dit :

— On se casse ?

— Il faut remonter jusqu'à la station d'avant.

Il fit oui de la tête, remisa son Dan Wesson. Nous cheminâmes dans le tunnel, c'était allégorique, lui devant, moi derrière, personne ne disant un mot. On voyait les lumières de la station suivante et une rame faillit nous happer. Tout ça pour rien. Nous sortîmes du tunnel, la station était jaune.

— Je ne nous vois pas continuant en métro, dis-je.

— On va à l'air libre.

On se retrouva à l'air libre, quittant les odeurs infectes, collantes et goudronnées. Je lui passai une cigarette, il me passa du feu et le taxi de nos rêves mit seulement dix minutes à paraître. J'avais toujours une horrible envie d'uriner.

— Je voudrais un bourbon-Perrier.

C'était lui qui parlait.

— Bien sûr. Tout le monde en est là.

Ça, c'était moi.

— J'vous mets où ?

Ça, c'était l'homme qui conduisait le taxi et qui n'imaginait pas qui il transportait. Tant mieux pour lui et pour le monde entier. Est-ce que j'allais uriner sur la moquette de sa somptueuse CX diesel ?

Il finissait par être 1 heure et quart du matin et je n'avais pas envie de dire quoi que ce soit. La vilaine automobile du chauffeur de taxi de merde nous laissa comme j'avais demandé au début de la rue Gay-Lussac.

— On va au *Croco* ?

— On va au *Croco*.

— Merde.

— D'accord, dis-je.

Le *Croco*, assurément, manquait au programme de cette soirée de merde, avec le jeune tueur très beau.

— Déballe, dis-je.

En remontant la rue.

— J'ai besoin de pognon.

— Unité.

— C'est vrai ?

— Oui.

— Quand ?

Non content d'avoir envie de pisser interminablement, mon corps avouait d'autres choses. Et il était largement temps que je téléphone à Pontchartrain. Et il était largement temps que... Merde. Le jeune tueur très beau ne durerait pas. À mon avis. À mon avis personnel, comme disent les cons qui ont déjà rencontré sur leur passage des avis impersonnels. Nous fûmes dans le *Croco*. Son petit monde spécial mérite un détour.

Je décris la chose dans ma tête. Je ne décris rien.

— Demain.

— Pardon ?

— La brique, demain. Et tu continues d'être, ce qui n'est pas laid.

Je me sentais elliptique en diable.

Le vieux monsieur qui officiait au *Croco* depuis des temps immémoriaux avec des airs de lord anglais prit nos commandes. Je me levai et allai avec un inexprimable soulagement vider mon corps. L'homme sain excrète environ quinze cents grammes d'urine par vingt-quatre heures et jusqu'à quel âge le jeune tueur très beau avait-il fait pipi au lit ?

À Pontchartrain, ça sonna trois fois et ce fut Valentin qui décrocha.

— Tiens ? Tu es encore en entier ou bien est-ce que c'est seulement un morceau de ta personne qui cause dans le bigo ?

— Ça s'est passé comment ?

— Mais bien, bien. Comme sur la place personne n'avait rien vu ni compris, j'ai juste dit que j'avais évité la moto qui m'arrivait dessus, que ça m'avait fait déraper et qu'un des types de la moto avait disparu dans le métro. Le brigadier m'a beaucoup plaint.

— Et Danielle ?

— Ton excellent cognac arrange bien des choses.

— À tout à l'heure.

Maintenant, qu'est-ce qu'allait bien me raconter le type qu'on payait pour dessouder des flics ?

— J'ai des copains à Londres, dit-il.

Il avait effectivement une tête à avoir des copains à Londres.

— Ça me paraît une bonne idée. Parle-moi de ce contrat sur un flic.

Il reposa son verre et se mit à avoir un air terrorisé, plutôt surprenant.

— Un flic ?

— Tu as descendu l'officier de police Étienne Pezetta. Et j'imagine que c'est toi qui as dessoudé l'autre en forêt de Fontainebleau.

— Quel autre ?

Il avait l'air d'avoir les jambes coupées.

— Ça ne fait pas une brique, remarquai-je.

— Je ne savais pas que c'était un flic. Et vous, toi, vous êtes qui ?

— Raconte, mon petit vieux, ricanai-je. Après, on ira se coucher.

— Je ne connais pas le nom du type. J'ai été contacté par téléphone, le lendemain, j'ai reçu une photo, cinquante mille balles, l'ordre de joindre le conducteur que je ne connaissais pas. Ensuite, on devait attendre chez moi que le type soit localisé. Vers 9 heures et demie, ils ont retéléphoné que la cible bouffait dans un restau de la Bastille, mais qu'il n'était pas seul.

D'accord. L'anonymat complet. Et en plus, nous avions été suivis depuis chez Pezetta et je ne m'étais rendu compte de rien. Je me votai des félicitations.

— Ça ne fait pas lourd, observai-je. Et tu n'as pas la moindre idée de qui peut avoir passé ce contrat ?

— Non. Ça peut être n'importe qui.

Sous-entendu : n'importe qui ayant connaissance de ses talents.

Quelle merde !

— Montre voir la photo.

Il se fouilla, me la tendit discrètement. Comme on n'y voyait rien, il me restait à retourner aux toilettes, dans l'espoir que le cliché m'apporterait quelque chose. Mais rien, sinon ceci que c'était une photo d'identité agrandie. Quelqu'un avait pu mettre la main sur une photo d'identité du flic, ce qui pouvait laisser songeur. Photo de photomaton, particulièrement laide. Je découpai la photo en petits morceaux dans la cuvette et tirai la chasse d'eau. Inutile de se balader avec dans la poche la photo d'un flic assassiné de façon spectaculaire. Il n'y avait plus qu'à prendre congé du jeune homme et retourner à Pontchartrain. Et à laisser tomber.

— Alors ? demanda-t-il.

— Alors, rien.

Il mit un temps, dit :

— J'ai lu, dans les journaux, pour le poulet descendu en forêt de Fontainebleau. Et c'est la même chose ?

— C'étaient deux flics qui travaillaient ensemble. Ils devaient savoir en commun quelque chose qu'ils n'auraient pas dû savoir.

Il eut un air songeur, dit :

— Une balle de 11,43 dans l'oreille, hein ?

— C'est ça.

— Je connais un type qui a déjà fait ça. J'ai travaillé avec lui une fois.

La corporation des tueurs à gages français. Quel joli milieu ! Je ne lui demandai pas quel avait été le travail qu'il avait exécuté avec son cher confrère. Il faut savoir rester discret.

— Si c'est lui, il saura peut-être quelque chose.

Convaincre un tueur d'avouer qu'il est tueur n'est pas chose aisée.

— C'est pas sûr, hein ?

— Dis toujours et tu auras gagné cinq mille balles.

Il eut l'air désappointé que ça ne vaille pas une brique, mais il ne faut pas encourager excessivement la flambée des prix.

— C'est un Algérien, je ne sais pas comment.

— Ça fait léger.

— Il est presque tout le temps dans un troquet où ne vont que des bougnoules, à côté de l'église de Pantin. Le *Soleil d'Alger*. Le couscous y est dégueulasse, mais la coke très bonne.

— Tu es raciste ?

— Moi ? Bien sûr, pourquoi ?

— À demain... enfin, à aujourd'hui, métro Châtelet, sur le quai direction Porte d'Orléans à 15 heures pile. Pour ton fric.

4

Il n'y avait pas de raisons pour que les flics établissent spécialement des barrages, mes papiers actuels sont un chef-d'œuvre de minutie helvétique, mais pourquoi tenter le diable ? Je mis donc un certain temps à sortir de notre chère capitale par un itinéraire détourné et complexe, judicieux mais long. Il était donc 3 heures du matin quand mes phares illuminèrent la Golf de Valentin. Je rentrai la Jaguar dans le garage en songeant qu'il y avait encore de l'aspirine dans un placard de la cuisine.

Valentin buvait du café pour faire passer mon cognac et du cognac pour faire passer le café.

— Tu en veux ?

— Quoi ?

— Du café. Il y en a du chaud.

— Où est Danielle ?

— Elle dort, dit Valentin. Elle était crevée, je crois.

Et peut-être un peu troublée ? Sait-on jamais ?

— Tu l'as réglé ? demanda Valentin.

— Non. Ça s'est terminé au *Croco* à boire du bourbon-Perrier.

— Tiens, ricana Valentin, décidément très en forme, je ne

te savais pas séducteur jusqu'au point de séduire des tueurs de flics. Il est beau gosse ?

Je ne répondis pas, allai chercher mon aspirine.

— Dinou a de la dérive, remarquai-je en lui rendant son Beretta.

— Ah ?

— Tu connais un type qui s'appelle Ahmed, qui fréquente un troquet d'Église de Pantin réputé pour sa coke fameuse, le *Soleil d'Or* ?

— Non, dit Valentin, assassinant sans espoir de retour la bouteille de cognac. C'est qui ?

— Peut-être le type qui a descendu Bruno en forêt de Fontainebleau.

— Deux contrats distincts avec deux tueurs distincts ? Il y a des gens qui ne négligent aucune précaution

Et re-un-petit-coup-de-cognac. Puis il me regarda, dit :

— Tu sais que tu fais une connerie en continuant ?

— Je t'invite à manger un couscous, à midi, répondis-je.

— Au *Soleil d'Or*, je crains.

— Le couscous y est, paraît-il, infect.

— De mieux en mieux.

Je ne prends pas parti dans l'interminable querelle du pistolet et du revolver, car je crois pouvoir trouver des charmes des deux côtés. Finalement, c'est une question d'utilisation. Et aussi de ce qu'il y a de disponible sur le marché délicat des armes prohibées. Les revolvers de calibre important sont toujours très embarrassants. Épais de la largeur du barillet. Posant donc un problème de discrétion. Inversement, les pistolets sont bien plus plats, mais il y a l'inconvénient du chargeur.

Enfin, l'époque était celle du manteau, déjà, et en étui d'épaule, mon dernier monstre serait assez discret.

Pour ne pas terrifier Danielle, je m'équipai donc dans la salle de bains. Mais si, finalement très discret, le Ruger Security Six.357 magnum, avec le canon de 100 mm.

« Qu'est-ce qui se passe ? avait demandé Danielle en s'éveillant vers 10 heures du matin.

Et elle s'était reprise :

— Tu es quoi, finalement ?

— Ce n'est vraiment pas utile que tu le saches. »

Et elle s'était mise à bouder. Déposée à Châtelet, baiser impersonnel. Nous en étions au moment où Valentin jetait son mégot et où nous observions le troquet.

Et on entra. Tout de suite, je pus ressentir la haine compacte de la dizaine de clients, tous maghrébins. Quatre au bar à avaler de la boisson jaune, six autres à table, déjà, attendant visiblement de commencer à déguster le plat maison.

Valentin avait fait son sourire niais encore plus niais. On s'assit à une table au fond et le patron avait des moustaches fines et une gueule lourde et suintante de tas de sentiments inavouables. Les types du bar s'étaient tournés. Le patron dit quelque chose en arabe, les types rirent et il vint vers nous.

— J'ai plus rien, vous pouvez vous tirer, exposa-t-il, l'insolent.

Valentin prit un air contrarié, se leva et se dirigea vers la cuisine, avant même que l'autre ait compris ce que faisait mon excellent ami. Il se rua donc à la suite de mon excellent ami qui ressortait déjà.

Dans un silence de mort, il dit, mon excellent ami :

— Tu mens, mais je te pardonne, parce que c'est la première fois.

Valentin était hilare.

— Deux couscous, avec beaucoup de côtes d'agneau grillées à point et quelques merguez. Avant, deux whiskies. Et ne recommence pas. Ensuite, tu nous diras qui est Ahmed. On est venus pour le voir.

Valentin a un don pour désarçonner les gens qui est indubitable et c'est un petit cirque qu'il aime beaucoup faire. Que penser de Valentin ?

Il passa devant l'autre – Valentin espérait sans doute que l'autre allait le toucher –, revint s'asseoir face à moi.

— C'est trop, dit-il en riant. Ces mecs sont trop. Je crois que je vais mourir de rire.

— Tu ne crois pas que toi tu en fais un peu trop ?

— Vraiment, avec toi, ce qu'il y a de bien, c'est que les situations sont toujours renouvelées et comiques. En plus, tu es mal informé, le couscous a l'air délicieux.

Le patron, visiblement hésitant, regardait vers le bar, spécialement vers un type qui devait être un Kabyle, extrêmement beau, comme souvent les Kabyles le sont. Rien que des beaux mecs, en ce moment. La jalousie est vilaine conseillère.

Le type qui devait être kabyle dit quelque chose en arabe et ce quelque chose, à mon avis, voulait dire « Sers-les », parce que l'autre alla à son bar et se saisit de la bouteille de whisky.

— Je verrais assez que le type qui doit être kabyle et qui est très beau soit Ahmed, dis-je.

Les whiskies arrivèrent, il les posa sur la table.

— Je crois qu'on pourrait prendre un peu de Sidi-Brahim rosé, dis-je. Offre aussi à mon ami Ahmed le verre de l'amitié. De ma part.

Quel cirque !

Bon.

Le patron devait hésiter quant à savoir s'il nous faisait poireauter, ce qui à ses yeux aurait la vertu immense de nous emmerder, ou s'il nous servait en vitesse, ce qui aurait la vertu inverse de nous voir disparaître au plus vite. Il eut le bon sens de choisir la deuxième solution.

Il revint très vite, donc, avec ses plats d'où montait une odeur délicieuse, pour dire :

— Y a pas d'Ahmed, ici.

— C'est fâcheux, dis-je.

Je pris un air rêveur et désolé qui me semblait adéquat et le ton de la constatation amère pour prononcer :

— Je crois que nous allons être obligés de devenir menaçants.

— C'est ce que je crains, dit Valentin qui avait décidé de bouffer ses côtelettes avec les doigts.

La main de Valentin qui ne tenait pas un manche de côtelette saisit le bord de la table voisine et la retourna. Assiettes et verres allèrent donc s'écraser sur le carrelage.

— C'est juste pour m'échauffer, dit Valentin, carrément hilare.

Dans un silence haineux.

Les types qui étaient au bar s'approchèrent avec des airs très méchants.

— Vous casquez pour la table de Saïd, la bouffe, et vous caltez, dit l'un d'eux.

Ils prétendaient nous entourer, mais comme nous étions dans l'angle du mur, ça n'irait pas bien loin.

— Je ne crois pas, fis-je.

Je leur mis donc le Ruger Security Six sous le nez.

— Ouhh, que c'est gros, ça ! dit Valentin en rigolant. On vient avec les meilleures intentions et vous prenez tout mal. Résultat, mon pote sort son artillerie lourde et voilà qu'il a envie de se mettre à tirer. Dieu sait où, Dieu sait dans quoi.

Le type qui devait être kabyle dit :

— Arrêtez votre cirque et remballe ton canon de marine.

— C'est toi, Ahmed ?

— C'est ça.

— Dis aux autres d'aller terminer leur apéro et de nous oublier, ce sera le mieux. Y compris pour toi.

— D'où est-ce que vous me connaissez ?

— On a eu ton nom par un type qui a descendu un poulet, hier soir, à la Bastille. Et il pense que c'est toi qui en as descendu un autre dans la forêt de Fontainebleau. On éprouve le besoin de savoir pour le compte de qui.

— Vous êtes des flics ? Non.

S'il faisait les questions et les réponses, ça allait au poil.

— Alors ?

— On est chargés tous les deux, Ahmed, dit Valentin. Si on te sort d'ici et qu'on t'emmène dans un garage que je connais, il va y avoir de la souffrance pour toi. On n'imagine pas ce qu'il y a d'objets dangereux dans un garage. Rien déjà que l'air comprimé : je vais te gonfler comme un pneu de poids lourd, Ahmed, tu vois ?

Ahmed voyait. Moi aussi, d'ailleurs. Beurk.

— Ils vont me faire la peau.

— Retourne prendre quelques vacances dans ton pays. La Kabylie, à cette époque, ça doit être plus agréable que la Porte de Pantin.

— Ils vont savoir que vous êtes venus.

— Il y a un vol pour Alger qui part à 18 h 15 d'Orly, dis-je. Agréable voyage en première classe sur un vol Air France. Le mieux pour toi.

— Je crois que je n'ai pas le choix, hein ?

— Tu es très intelligent, Ahmed, ça fait plaisir à voir.

— Bon. J'ai eu le contrat par un mec qui s'appelle Vuidos. Il tient une boutique de photos d'art à côté de la Madeleine.

— Quoi, comme photos d'art ?

— De tout, dit Ahmed, évasif.

— Et tu l'as connu comment ?

— Vous croyez que c'est la peine de savoir ça ?

Il avait raison, on s'en foutait. Et on avait tort, bien sûr.

— À 5 heures à Orly, devant les réservations d'Air France.

— Vous y serez ?

— Tu vois, Ahmed, je vais te dire une chose : tu devrais changer de métier.

C'était une boutique luxueuse, arrangée de la façon féminine que seuls savent les homosexuels. Beaucoup de moquette blanche, de cuir blanc et des photographies bizarres et immenses dans des cadres en acier. À mon avis, ce ne devait pas être l'activité principale du sieur Vuidos qui devait vendre une de ses saloperies tous les cent ans.

— Bonjour, me dit le jeune homme blond au regard doux.

Valentin attendait sur le trottoir, il propulsait dans l'air glacé de longs jets de fumée.

— Bonjour, dis-je à mon tour.

Je parlais doucement au jeune homme au regard doux.

— Je veux voir Vuidos, ajoutai-je.

— Ah, mais il est très pris, là. Je ne crois pas...

— Je te suis.

— Vous êtes un type très fort, c'est cela ?

— C'est cela.

Pauvre gamin.

— Je te suis.

— Mais Roger ne voudra vraiment pas...

Je le dépassai, traversai un bureau où la moquette blanche me parut encore plus dense, poussai une porte.

Un studio de photographie des plus modernes. Là aussi, on nageait dans la moquette.

À droite, un grand type à l'air très calme et qui fumait disait :

— Mais non, Ronnie, beaucoup plus cambré. Et les bras

plus en arrière encore. Il faut que tu sois très tendu, que tout ton corps soit tendu à l'image de ton sexe.

Il était clair que le type ne m'avait pas entendu entrer, et de toute façon il était certainement trop pris par le spectacle.

Le spectacle du type qui s'appelait Ronnie.

Ronnie était donc un corps nu, très beau, musclé et fin, renversé en arrière, le dos reposant sur une pièce métallique ronde et noire, les bras rejetés en arrière et attachés par des chaînes. Le sexe était en érection, les jambes tendues. À mon avis, les traces de coups de cravache sur le torse étaient du maquillage.

— Érotique, dis-je. Ça se vend bien ?

— Vous êtes qui ? Sortez.

Les yeux de Vuidos étaient à eux seuls un écœurant spectacle.

— Tu lui donnes combien ?

— Sortez, dit Vuidos. Qui vous permet ?...

On en était au moment où les gens ne finissaient plus leurs phrases.

La verge gonflée du jeune Ronnie se dégonflait. Ça m'ennuyait de lui calmer ses ardeurs exhibitionnistes, mais on ne peut pas être partout à la fois.

— C'est vrai qu'il est très beau, assurai-je. Mais peut-être pas autant qu'Ahmed.

Ma remarque ne lui plut pas.

Un autre type, très blond, nu également, ouvrit une porte que je n'avais pas remarquée. Il me vit, eut des gestes bizarres, referma la porte.

— Ça doit être très artistique, tes photos, Vuidos.

Il faisait là-dedans une chaleur infernale. Je pris une décision qui vint dans ma tête toute seule :

— D'accord, vu, à plus tard, Vuidos.

Et je démarrai pour retrouver Valentin.

— Mais vous êtes qui ?... Qui ? QUI ?
— On se reverra.

— Tu lui as collé la panique dans le citron ? demanda Valentin.

— Il a de très beaux appareils photo, dis-je.

— C'est quoi, ce mec ?

— Un type qui vend cher des photos érotiques de luxe et personnalisées de jolis jeunes gens en pleine érection et très exhibitionnistes. Il n'y a plus qu'à attendre.

— Je ne comprends pas le joint.

— Moi non plus.

Vuidos quitta sa boutique à peine dix minutes plus tard, s'installa au volant d'une BMW noire et se mit à rouler vers la Concorde. Il me restait à faire un très peu discret demi-tour au beau milieu de la rue Royale à 3 heures et demie de l'après-midi. Klaxons, injures, mais pas de flics.

— Où crois-tu qu'il aille ?

Je ne répondis rien, puisque je n'en avais pas la moindre idée. À la Concorde, il prit les quais, puis la voie sur berge. Il roulait à soixante-dix dans une circulation raisonnable et je ne voyais pas qu'il pût me repérer.

— Tu espères quoi ?

— Qu'il va faire une connerie. Comme celle de foncer chez le commanditaire du meurtre d'un flic.

— Et après ?

— Après, je téléphone aux poulets l'adresse du mec, je paye un billet d'avion à Ahmed et je pars, l'esprit léger, retrouver Vienne, sa musique et ses gâteaux.

— Beau programme, dit Valentin, rêveur.

Vuidos sortit pour passer le pont, passa le pont, se trouva sur l'île Saint-Louis et sa voiture se mit à se comporter comme la voiture de quelqu'un qui veut se garer. Il trouva des clous judicieux, je lui passai devant en tournant la tête. Merde, pas de place pour moi.

— Tu vas voir où il va ?

— Bien sûr, dit Valentin. On se retrouve au tabac qui est là, à gauche dans la rue.

Exit Valentin, ses grandes jambes maigres et son sourire bizarre. Je tournai un bon moment et parvins enfin à loger la Jaguar. J'allai ensuite à pied vers le demi pression.

Valentin fut sur place trois minutes plus tard.

— Il est chez M. et Mme Le Villain. Ça te fait quelque chose ?

— C'est un panaché que tu veux ?

— Oui.

— Il y a un Le Villain qui a été plus ou moins mêlé à un scandale financier, ça doit faire un an. C'est peut-être celui-là. Peut-être pas. Le prénom ?

— Hervé Le Villain.

— Peut-être.

— Et tu crois que les deux poulets avaient mis la main sur des choses qui l'impliquaient ?

— Peut-être.

Ça faisait bien des « peut-être », tout ça.

— Et alors, demanda Valentin, si c'est ça le joint, comment a-t-il su que les deux poulets s'intéressaient à son cas ? En général, les poulets sont plutôt discrets sur leurs enquêtes.

— J'ai mon idée là-dessus.

Nous fûmes juste à l'heure au Châtelet pour donner ses petits sous au tueur si blond et si beau qui nous avait judicieusement envoyés voir Ahmed.

Sur le quai, en direction de Porte d'Orléans, ça hurlait et

gesticulait dans tous les sens, une rame était immobilisée et la rumeur était bien trop claire.

— Un beau blond...

— Je vous dis qu'on l'a poussé...

— Mais non, rétorqua un gros homme.

— J'étais à côté de lui, j'sais ben c'que j'dis.

— Viens, dis-je à Valentin, je viens d'économiser une demi-brique.

— Ils vont vite, dit Valentin. Et je commence à me dire qu'on devrait peut-être songer à regarder dans notre dos... une idée comme ça.

— D'accord.

— Alors ? demandait Sanguine.

Parce qu'elle s'appelait Sanguine.

— Alors, c'est tout. C'est déjà pas mal.

— C'est déjà et toujours tes conneries, Ramuel.

Cette mèche le long de mon œil droit était trop longue et Sanguine me tapait sur le système. Je n'aimais pas lui demander, mais là, je ne voyais pas comment. Ahmed n'était pas à Orly et Ahmed ne serait jamais à Orly.

— Valentin est arrivé le premier à Orly, je voulais voir ce qui se passait après.

— Après quoi ?

Merde.

— Bon. D'accord, Sanguine, je me casse.

Elle portait sa robe de chambre rose pour tâcher de ressembler au prénom et elle était la très belle pute noire que tout le monde veut.

— Au fond, t'es vraiment un mac, puisque je vais te dire oui.

Je laissai un moment. Il y avait cette toile cirée bleue délavée, la lumière jaune des ampoules dépourvues du moindre abat-jour qui me tapaient dans les yeux.

— Il était pas là ?

Elle voulait dire Ahmed, le type qui avait conçu que vive la Kabylie. Ça se passait à Villepinte, univers de béton.

Les seins de Sanguine sont superbes et je ne m'appelle certes pas Ramuel. Joli, Ramuel.

— Non.

— C'est des trucs entre poulets, ton zinzin. Avec des histoires de pédales et je ne sais quoi encore. Mais je vais te dire oui, bien sûr. Je vais suivre la cocotte à m'en user les pompes. Tu veux un cognac ?

Dans la réverbération de la fenêtre de la cuisine jaune, dans la nuit, je me voyais tel que j'aurais pu me raser de près.

— Ramuel ?

— Je veux les fumiers.

— Tu veux trop de choses. Tu veux un monde qui ne soit pas violent, hein ?

— Je veux un monde où je pourrais ne pas avoir constamment mal au crâne.

— T'as peut-être une tumeur au cerveau, dit-elle en riant.

— Amusant.

Le Gaston de Lagrange VSOP prit un coup dans le nez. Et j'étais ennuyé, parce que je n'avais pas envie de faire l'amour avec Sanguine.

— Tu te souviens de mes seins ?

— Je veux bien dormir contre, dis-je.

— Seulement dormir, bien entendu.

— Complique pas tout, Sanguine. Tu sais bien que je suis un être malsain.

Gaston de Lagrange revint.

Elle dit :

— C'est super-fou-dangereux, hein ?

— Oui.

— Et tu me laisses aller là-dedans ?

— Hon ?

— Je dis : tu me laisses aller là-dedans ?

— Oui.

— Fous le camp, Ramuel !

Je me levai, j'avais envie de la Jaguar, de la villa de Pontchartrain.

— J'suis plus bandante, hein ?

— Arrête de te larmoyer sur ton sort, Sanguine.

Très noire et très superbe. Et yeux verts, bien sûr. Et elle ne disait pas que c'était sur le mien de sort qu'elle larmoyait. Mais je sais depuis longtemps que cette histoire de sort est une foutaise. Où était Ahmed ?

Elle vint vers moi. Il y avait de possible ce lit bas et doux, havre de douceur dans une HLM.

Il y avait aussi à retourner observer ce qui se passait dans un petit restaurant à couscous proche de l'église de Pantin. Et j'avais décidé de ne pas mouiller Valentin plus avant.

— C'est vrai que je veux bien ce whisky-Perrier avant de partir, dis-je.

5

À mon avis, Sanguine était sans la moindre défense et elle le savait. Le nombre de choses à faire était incalculable, mais pourquoi Ahmed n'était-il pas à Orly comme prévu ? S'était-il fait descendre pendant que l'autre tueur passait sous une rame de métro ? Et Valentin avait raison cent fois : il valait mieux que je regarde dans mon dos. Valentin s'était pris au jeu. Et à son habitude, il ne l'avouerait jamais. Ou alors ?

« Je vais essayer de savoir des choses sur M. et Mme Hervé Le Villain, avait-il dit à Orly à 18 h 16, au moment où le Boeing d'Air France s'envolait pour Alger sans rien qui ressemblât à Ahmed à son bord.

— Tu crois qu'Ahmed a fait des photos pour Vuidos ?

— Certainement », dis-je.

Puis nous avions bu des Heineken en regardant les hôtesses et c'est à ce moment que j'avais songé à Sanguine qui aurait voulu être hôtesse et qui finissait pute à mi-temps dans une HLM de Villepinte. Mais il fallait que Sanguine suive les allées et venues de Mme Desarnauds qui voulait divorcer parce que son mari était dangereux et que son super-poulet de père le lui conseillait. Il devait en savoir de belles choses, celui-là. Je me le réservais pour incessamment sous peu.

Deux flics réglés + Vuidos + M. et Mme Le Villain + des photographies pornos à prétention esthétique de petits jeunes gens en érection + un beau et jeune tueur sous la rame 88 de la ligne Porte de Clignancourt-Porte d'Orléans égalent quoi ?

Il était 10 heures et demie du soir, les lumières et la pluie se mélangeaient sur le capot de la Jaguar, je roulais lentement, faisais semblant de ne pas savoir où j'allais, mais indiscutablement, j'étais en train de rouler vers Pantin. Vers l'église de Pantin, justement. Ah ? Tiens donc ?

Je fus quand même raisonnable, laissai la Jaguar dans un parking surveillé de Stalingrad et m'enfermai dans cette saloperie de métro qui n'est pleine que de rats de diverses sortes. Ce qui permet de tenir de beaux discours sécuritaires.

Un type me dit que je n'avais pas le droit de fumer. Je considérai sa braguette pendant un moment et il convint finalement que j'avais bien le droit de fumer, après tout. Il alla vers une femme précocement vieillie en manteau rouge râpé et qui n'avait plus d'incisives. J'allumai une nouvelle cigarette et nous fûmes à Église de Pantin.

Comment l'État laïque a-t-il fait pour s'oublier au point de donner le nom d'une église à une station de métro, chose athée s'il en est ? Bon.

Le type qui se préoccupait de mon hygiène pulmonaire et la femme au manteau râpé allaient devant moi. Nous fûmes dehors, ils allèrent à droite et je traversai l'avenue en me demandant si ce sacré restaurant serait encore ouvert.

Mais non, il était fermé.

Il fallait essayer d'entrer par-derrière. J'allais le long des voitures en stationnement en me demandant ce qui pouvait bien être le « par-derrière » de ce restaurant de merde et il y avait une BMW 525 i mal garée et c'était une BMW 525 i que j'avais suivie dans l'après-midi : la BMW du camarade

Vuidos, grand pornographe devant le Seigneur. Lequel Seigneur fait donc le monde plus petit qu'on ne croit.

Je revins sur mes pas, regrettant la précaution qui m'avait fait laisser la Jaguar. Il aurait été intéressant de suivre Vuidos. Je poussai la porte cochère à droite de la façade du restaurant miteux, me trouvai devant des poubelles, fus dans la cour. À gauche, c'était la cuisine du restaurant et il y avait de la lumière. Et dans cette cuisine, la conversation était très animée, me parut-il. Mais malheureusement, je n'entendais pas distinctement. Un type criait, une autre voix, plus posée, et des bruits divers, sourds.

J'appuyai doucement sur la clenche de la porte aux vitres en verre cathédrale (qu'est-ce qu'une cathédrale vient foutre dans ce dépotoir ?) et le silence fut immédiat. Seul le bruit sourd continuait. Le bruit de quoi ? Je sortis le Ruger qui avait envie de prendre le frais et frappai.

— C'est quoi ? demanda une voix.

La voix de Vuidos, peut-être.

— J'habite en face, bande de bougnoules, dis-je de façon gamine, moi qui ai horreur de cette expression. Si vous ne la fermez pas, j'appelle les flics.

À l'intérieur, il y eut un remue-ménage, une porte claqua, le bruit sourd disparut. Conciliabule, sans doute. Tempêtes sous des crânes. Et j'entendis qu'il y avait là-dedans quelqu'un qui voulait me calmer. Un crétin qui allait donc ouvrir la porte.

Et le crétin ouvrit la porte. Le crétin était le jeune homme blond qui avait ouvert une porte dans le studio de Vuidos et il se donnait l'air dur. Un type qui ouvrait tout le temps des portes. Ça devait être pour ça qu'il était homosexuel.

— Tu nous..., commença-t-il.

Puis il vit le joli canon nickelé du Ruger, ma main gantée, et recula dans la cuisine. Je refermai la porte derrière moi.

Tous les fourneaux de la cuisine étaient éteints, sauf un gaz où de l'huile fumait. C'étaient des gens qui se faisaient certainement une tournée de frites à 11 heures du soir.

— Nounou, dit le blond, c'est pas le voisin.

Nounou, c'était Vuidos. D'accord, c'était complet. Nounou.

Nounou parut, vit le Ruger, me vit.

— Maintenant, vous vous tournez tous les deux, vous avez les bras qui cherchent à attraper ce néon et tout se passe formidablement pour vous.

— Qu'est-ce que vous faites là ? demanda Vuidos, que ses intimes nommaient Nounou.

— Cher Nounou, dis-je. En ce moment, c'est moi qui pose les questions. Et ma question sera : est-ce que vous êtes en train de torturer l'honnête (pas sûr, quand même) patron de cet estaminet en lui versant de l'huile bouillante sur certaines parties du corps pour savoir où est le petit Ahmed ?

J'allai à Vuidos, lui expédiai avec toute la bonne méchanceté dont je suis capable le canon du Ruger en plein foie. Il se plia donc en deux sur le carrelage douteux.

— La petite pute, elle aimait bien son gros Nounou, hein ? dis-je sur ce ton infantile que prennent les mamans. L'allait aller chercher le monsieur, maintenant, et le détacher. Et je te suis.

Ils lui avaient attaché la main au bar avec une ceinture et l'intérieur de cette main était une horreur boursouflée. Le bruit, c'était ce qui venait de la bouche du gros homme et qui ne pouvait pas sortir à cause du bâillon. J'expédiai une énorme gifle au jeune homme blond. Vuidos, dans mon dos, essayait de se relever. La pointe ferrée de ma très belle botte anglaise de chez Carel rencontra l'oreille de Vuidos à une vitesse non négligeable. Vuidos retourna bouffer le carrelage gras.

— Détache-le, dis-je au jeune homme blond.

Le malheureux était en sueur, souffrait atrocement, et il manqua de tomber dans les pommes en se relevant.

— En somme, je ne tombe pas si mal que ça, lui dis-je modérément. Il vous faut vous soigner.

— Je vais leur foutre la bassine entière dans la gueule.

— Tu ne pourrais pas, d'une seule main, dis-je pour le calmer.

Vuidos, alors, se releva, dans le même mouvement projeta son joli petit copain blond sur moi avec une force qu'on n'aurait pas pu lui soupçonner et fut à la porte qu'il claqua pendant que je partais en arrière avec l'autre dans les bras, mais pas de façon amoureuse. Mon dos heurta une étagère, je filai à la porte, je cavalai sur le trottoir, mais la BMW de Vuidos se dégageait et j'étais encore à trente mètres.

Je retournai dans la cuisine où le blond faisait une crise de nerfs. D'avoir été lâché par son cher Nounou, assurément.

— Tu vois, dis-je, on ne peut faire confiance à personne.

— C'est une salope.

Forte constatation.

— Vous avez de quoi vous soigner ?

Il fit oui.

— Ça arrive de se brûler, en cuisine. J'ai ça.

Il était toujours en sueur, avait l'air si misérable. Il me montra un tube de pommade à l'hydrocortisone. On ne pouvait mieux. Il se schnouffa aussi une ligne de coke sous l'œil intéressé du blond.

— Ça calme.

— D'accord, dis-je.

Je me tournai vers le blond, j'en avais marre.

— Casse-toi.

— Hein ?

— Je dis « Casse-toi », tu ne connais pas Ahmed, tu ne

connais pas Vuidos, tu ne m'as jamais vu et tu vas te faire sodomiser ailleurs.

Il me regarda, il n'avait pas l'air de comprendre ce que sodomiser veut dire. Il devait employer un autre vocabulaire. Plus vulgaire.

— Je me casse, d'accord.

Il mit un temps, puis :

— Je crois que je vais aller à Barcelone.

— C'est ça, bon Barcelone.

— Il t'a dit de te casser, tu vois pas ?

Il se tourna vers moi.

— Moi, c'est Zagdoud.

J'avais souvenir de Saïd, mais ça devait être la même chose.

— D'accord.

— Bon, ben, j'y vais, dit le blond qui devait croire que j'allais lui tirer une balle dans le dos.

— Tu t'en tires à *très* bon compte.

Il me regarda, dit :

— J'avais pigé ça.

Et il passa la porte. Il y eut le bruit de ses pas dans la cour. La porte d'entrée claqua.

Zagdoud s'était assis, paraissait moins souffrir.

— C'est quoi, ces fumiers ?

Il regarda sa main, dit quelque chose en arabe, quelque chose d'assez classique pour que je saisisse qu'il s'agissait du sexe de la maman d'un monsieur.

Zagdoud se releva, alla éteindre sous l'huile avant qu'elle prenne feu. Tout ça faisait dix petites minutes, finalement.

— Y veulent quoi à Ahmed ? recommença-t-il.

— Le descendre. Offre-moi un whisky et dis-moi en vitesse où il est, que je l'arrache avant que ce soit salement barré pour lui. Ils ont d'autres moyens de savoir où il crèche.

— Lesquels ?

À mon avis, Ahmed était fiché, et à mon avis encore, je commençais à songer qu'un certain flic des RG, peut-être bien... Inutile de terroriser ce brave Zagdoud avec ça.

Il sortit de la cuisine, alla au comptoir, prit de sa main valide une bouteille de scotch, revint avec un verre renversé sur le goulot.

— J'pourrai pas ouvrir demain. Et si tu veux de la glace, faudra que tu la prennes toi-même.

Je remplis aux trois quarts le verre, allai ajouter de l'eau au robinet.

— Faut que tu me dises, maintenant, Zagdoud.

— C'est mon cousin, Ahmed. Le fils de la sœur de ma mère, quoi.

— Alors ?

— Alors, il a fait trop de conneries.

Vastes généralités.

J'avalai une bonne partie de mon verre et me mis à fumer.

— Vous êtes qui, toi ?

— Ahmed sait quelque chose qu'il ne sait pas qu'il sait. Et j'ai besoin de savoir quoi. Tu vois, c'est simple.

— Pourquoi il a pas pris l'avion, alors ?

— Je ne sais pas ça non plus. Je voudrais bien le savoir aussi. Et il y en a un autre demain, de toute façon.

— Qu'est-ce qu'il a fait, Ahmed ?

— Descendu un flic.

— Il était devenu fou, c'est l'argent qu'il voulait. Pour la fille.

— Quelle fille ?

Tout le monde veut de l'argent pour les filles, je crois. Non, je me trompe certainement.

— Une blonde très jolie, une étudiante en je sais pas, moi. Une chose... J'ai moins mal... Reprends un whisky, non ?

— Étudiante en quoi ?

L'idée absurde me traversa le crâne :

— En sociologie ?

Zagdoud fut frappé par le mot, dit que oui.

Et la femme de Bruno Desarnauds avait comme amant un maître assistant de sociologie. Mais ça n'avait aucun rapport, bien entendu.

— Karen, dit Zagdoud, c'est ça, Karen.

— Et alors, où est-ce qu'il est, Ahmed ?

— À Dieppe, chez mon frère. Enfin, mon demi-frère, celui qui est marié avec une Italienne.

Quelle pâte, non mais quelle pâte. Autoroute de l'Ouest, la nuit.

« On n'avait pas confiance en toi », avait dit Zagdoud.

D'accord. Et la petite étudiante en sociologie qui s'appelait Karen ne comptait pas faire un mémoire sur la Kabylie. Elle faisait de la sociométrie et son père était un diplomate australien qui lui louait à l'année quatre pièces quai Voltaire. C'était autrement que la Kabylie. Et pour avoir le train de vie qu'exigeait Karen, Ahmed posait pour des photos pornos et se transformait en tueur à gages.

Et maintenant, il était 7 heures du matin, je mourais de sommeil, j'en avais marre, mais complètement marre de faire le flic, je me savais le teint certainement jaunâtre. Dieppe était une ville glaciale dans la nuit finissante, la seule présence réconfortante était la superbe carrosserie de la Jaguar garée en face. Sept heures dix.

La patronne était une femme à l'air éternellement furibond, trop sèche, avec un tablier de coutil bleu et qui fumait interminablement. Il y avait là-dedans un monde de dockers, de marins et une odeur pestilentielle de calva et de café amer, de tabac et un relent de vomi. Parle-moi, s'il te plaît encore, du romantisme dans les ports.

La femme à l'air furibond me montra d'un geste écœuré le téléphone mural. Je fis le numéro du demi-frère de Zagdoud, ça sonna quatre fois et on décrocha.

— Dis à Ahmed que je l'attends au coin du quai Duquesne et de la rue Saint-Jean.

— Y a pas d'Ahmed ici.

— Dis-lui qu'il se dépêche.

Je raccrochai, payai et montai dans la Jaguar. Je me garai le long du quai dans la nuit et les lumières jaunes et mouillées.

Ahmed apparut à 7 h 20, son regard passa sur la Jaguar, la circulation commençait à ne plus être négligeable, je fis un appel de phares.

Il approcha, j'ouvris la portière.

— On va aller prendre un petit-déjeuner sérieux quelque part, dis-je.

— Qu'est-ce que tu fous là ?

— J'essaye de m'arranger pour que tu ne te fasses pas nettoyer comme un autre mec qui est passé sous une rame de métro. Ou que tu te fasses arranger comme ton cousin. Vuidos s'est amusé à lui faire frire la main gauche à l'huile pure arachide.

— Qu'est-ce que vous racontez encore comme conneries ?

Il avait l'air nerveux. Je lui racontai un peu, pendant que je quittais Dieppe en montant vers Saint-Valery-en-Caux. Il mit un temps à digérer.

Ensuite, il y eut un autre temps, il voulait une cigarette et il ne s'était pas rasé.

— Pourquoi vous faites ça ?

— Je veux savoir pourquoi on a descendu un flic qui a été un bon copain.

— C'est moi qui l'ai descendu, d'accord. Tu vas pas faire chier ? Et puis merde, retourne-moi à Dieppe.

— Les poulets seront là vers 10 heures. Et ils feront les sommations bien après t'avoir expédié tout ce qu'il faut.

— Conneries.

Mais il n'avait plus l'air tellement sûr.

À Saint-Valery-en-Caux, il y avait une sorte de brasserie assez sympathique et on pouvait voir les bateaux. J'aimais bien. Ahmed ne voulut pas prendre d'œufs au bacon et je me mis à manger.

— On n'est quand même pas là pour te voir bouffer des œufs au plat, hein ?

— Parle-moi de Karen, alors. Celle qui a un appartement quai Voltaire.

Il me regarda comme si j'étais un fou très dangereux.

— C'est Zagdoud qui vous a parlé de ça ?

— Non. Je suis en contact direct avec Dieu, en ce moment.

Il haussa les épaules.

— C'est Karen, c'est tout.

Bien sûr.

Je dis :

— Elle connaît Vuidos, Karen ?

— Non, mais... Il est dingue, ce type.

Là non plus il n'en avait pas l'air tellement sûr. Et moi, en ce moment, je faisais de la pêche à la ligne et mes œufs au bacon avaient un goût de brûlé.

Il se mit à beurrer un croissant et je notai qu'il se rongeait les ongles.

Qu'est-ce que je foutais à bouffer des œufs au bacon brûlés à Saint-Valery-en-Caux avec un petit tueur homosexuel qui ne voulait pas retourner voir sa belle Kabylie natale à cause d'une petite salope qui s'appelait Karen ?

Et qui se rongeait les ongles.

Une Fiat 132 Mirafiori qui avait au moins cinq ans vint

se garer à une place interdite sur le port, devant cette brasserie qui finalement me dégoûtait, au moment où la pluie décidait de recommencer à mouiller l'humanité souffrante.

De la Fiat Mirafiori descendirent deux personnes. C'étaient deux personnes que j'avais rencontrées dans le métro la veille au soir. Il n'est donc pas de rencontres fortuites : c'étaient les deux que j'avais pris pour des clodos à Église de Pantin, le type qui ne voulait pas que je fume dans le métro. Ahmed était de dos.

— Va pisser, dis-je.

Ahmed cessa de s'occuper des peaux entourant l'ongle de son annulaire gauche.

— Pardon ?

— Va pisser.

C'était la bonne femme qui conduisait et la question était ouverte de savoir comment ils nous avaient trouvés. Faits comme des rats. Bien faits. Comment s'arracher ?

L'annulaire gauche d'Ahmed était tellement bouffé que ça saignait. Il y avait certainement d'autres choses qui allaient saigner.

À part deux types au bar qui buvaient du vin blanc et le patron qui avait une moustache blonde savamment organisée, à part trois passants dehors, on était foutument seuls, Ahmed et moi.

— J'ai pas envie de pisser, dit Ahmed.

— Il y a du monde derrière.

Il n'allait pas vite du citron, comme aurait dit Valentin. Mais ça lui fit faire des mouvements. Il partit droit vers la porte jaunâtre des toilettes pendant que M. et Mme les clodos entraient.

Le Ruger était en holster d'épaule, mon manteau était ouvert, il n'y avait pas lieu de méditer, ils venaient vers moi, très sûrs d'eux. Peut-on être clodo et sûr de soi ? Ce ne devaient pas être de vrais clodos. Le faux vrai clodo alla vers le bar, sa femelle le suivant. Inutile détour, sans doute, croyait-il me prendre de biais ?

Je tirai une Speer-CCI expansive de 13 grammes tout rond qui à dix mètres se mit à peser tout soudain à peu près deux cent vingt kilogrammes-masse volant à cinq cents mètres-seconde ; cette chose folle fit exploser la tête du tueur qui se vivait comme clochard. Il fut projeté contre la vitrine que la balle de .44 magnum avait fait s'effondrer avant même qu'il soit arrivé dedans, écrasant deux tables qui ne lui avaient rien fait.

Le bruit énorme du .44 Ruger produisit plusieurs effets, en même temps que le corps détruit de l'autre chien se retrouvait en un mélange de morceaux de vitrine, de sang et d'os. Les deux types du bar étaient par terre, le patron sous son comptoir. Ahmed ressortit des chiottes, la femme du clodo tira de la main gauche trois coups du classique pistolet automatique FN Vigilante et les trois balles de 9 mm parabellum furent groupées dans le thorax d'Ahmed qui était mort avant même d'être renvoyé dans les chiottes puantes qu'il n'aurait pas dû quitter. La femelle terrifiante du clodo dans son manteau rouge râpé décida que son fameux automatique avait encore dix coups, et pourquoi pas pour moi ? Je me jetai à terre sous la table aux œufs au bacon trop cuits et lui expédiai la deuxième Speer-CCI Vu ma position, ça alla seulement détruire des choses du plafond en stuc et le recul abominable du .44 Ruger fit taper le canon contre quelque chose. La table en formica renversée.

Laquelle table ne me protégerait jamais. Je rampai à reculons pour essayer d'avoir du champ, la vis, tirai une nouvelle fois, elle se déplaça et ma nouvelle Speer-CCI partit se promener au-dessus du port.

La femelle grise avec son manteau rouge râpé et son FN fonça dehors, se jeta sur sa vieille Fiat. La vieille Fiat poussa une voiture que la conductrice devait juger encombrante pour ses manœuvres et tourna à gauche.

Il me restait à courir dehors à mon tour.

— Eh, dit le client amateur de muscadet qui se relevait.

J'ai le coude, en une certaine position, qui fait un angle très aigu. Il reçut donc l'angle aigu en question au niveau du cœur et je courus vers la Jaguar. Au bout de quatre mètres, je me souvins que j'avais toujours le revolver Ruger à la main, ce qui peut étonner les populations paisibles.

Je me mis à marcher en me demandant qui allait me sauter dessus et me votai des félicitations pour avoir laissé la belle Jaguar en dehors de tout cela.

La pluie cinglait tout, maintenant. Je passai devant la Jaguar que je n'avais pas la moindre envie qu'on repère, allumai de quoi emplir mes poumons d'autre chose que de l'air sain mais humide de la Normandie, revins sur mes pas. Il n'y avait personne qui s'intéressât à moi, mais du côté du port, ça faisait des bruits divers, un peu ceux d'une émeute. Je me demandais bien pourquoi.

En cuisinant Ahmed assez longtemps, il aurait vraisemblablement fini par me dire des choses. Comment avais-je fait mon compte pour ne pas repérer les deux clodos ? (Je ne pouvais plus les appeler autrement.)

Ils avaient dû arriver chez Zagdoud à peine après moi. Ou avant ? Ils avaient attendu, avaient vu. M'avaient suivi. Et vraiment très habilement.

Non. On ne suit pas une Jaguar HE Sovereign roulant à cent soixante-dix ou cent quatre-vingts avec une Fiat pourrie.

Il y avait de quoi songer.

Et donc je me mis à songer.

À un café de plus, peut-être.

— Arrosé ? demanda la jeune fille qui avait déjà la bouteille de calvados en main.

À Amfreville-les-Champs, donc, la jeune fille voulait que je mette du calva dans mon café. Je dis non.

Petites fenêtres, salle déserte en dehors de mon éminente personne. Silence humide, café trop gras.

— Finalement, je veux bien ce calva.

— Ah, vous voyez, dit-elle.

Je ne voyais rien du tout. J'allai à la fenêtre avant de m'asseoir. Se dirigeant vers Rouen, passa une Fiat Mirafiori complètement pourrie dont je ne pus que deviner un instant minuscule la conductrice.

6

À Rouen, j'avais pris la décision de filer à Vienne en laissant tomber tout ce merdier de poulets qui se font assassiner et de tueurs de flics qui se font régler à leur tour. Et de clodos surgis de nulle part avec des FN Vigilante 9 mm parabellum. En roulant à cent trente sur l'autoroute et en écoutant Klaus Nomi, j'avais envie de savoir qui était la petite Karen, ce qu'était le maître assistant de sociologie qui s'envoyait des femmes de flic, qui était le commissaire de police qui savait que son gendre, lui-même flic, allait se faire dessouder ; qui était au juste Vuidos et ce qu'il branlait (dans son cas, l'expression était adéquate). Enfin, qui était M. Le Villain qui, tout ingénieur qu'il soit, mijotait dans des combines dont je ne voyais que la surface glauque.

Dans les embouteillages de Versailles, où j'essayai en vain de m'arrêter pour téléphoner à Valentin, je songeais que le commissaire divisionnaire Claude Tourouvre habitait au Chesnay, autant dire la porte à côté, et je m'en foutais, assez vu, merci. Après tout, mon pote Bruno n'avait qu'à pas devenir poulet.

C'est une profession où l'on meurt plus certainement que dans d'autres. Et je n'étais pas du tout content de moi et je n'étais pas content de ne pas être content de moi, mais on se fait à tout, non ?

J'achetai des journaux et de quoi me confectionner un steak tartare monstrueux. Assis de nouveau dans la Jaguar, je notai que la pluie normande n'était pas encore là, je mis la deuxième face de la cassette de Klaus Nomi, traînai de nouveau dans les embouteillages et arrivai à ma ruineuse villa de Pontchartrain à midi et demi.

Je filai à la bouteille de bourbon, m'assis dans le canapé trop luxueux mais exactement confortable, fis le numéro des réservations Air France à Roissy et réservai une *first* pour Vienne. Après ça, je hachai les échalotes, le persil à moitié gelé pour lequel on m'avait fait une ristourne de trois francs et ouvris une bouteille de mâcon rouge. Repas solitaire comme je ne les déteste pas.

Je portai sur la table de la cuisine l'ouvrage de Pierre Guenancia sur Pascal, avec lequel je craignais d'être en désaccord. *Du vide à Dieu*, titre inquiétant s'il en est. En ce moment, j'étais entre le vide et quelque chose, mais ce quelque chose n'avait rien à voir avec Dieu. Je posai aussi le Ruger Security Six sur la table, après avoir remplacé les deux cartouches utilisées par des nouvelles. Je ne voyais pas pourquoi la vieille clodaque au manteau rouge qui tirait de la main gauche et qui n'avait plus de dents n'aurait pas envie de me rendre visite. Si elle avait été capable de nous repérer à Saint-Valery-en-Caux, pourquoi ne ferait-elle pas une descente à Pontchartrain, puisque, apparemment, elle savait tout. Et elle ne devait pas du tout apprécier que j'aie mélangé son infâme bonhomme à une vitrine de café.

Pourquoi savait-elle tout ?

Merde.

Au milieu du XVIIe *siècle, le mécanisme définit à lui seul la connaissance que l'homme peut avoir des objets de la nature.*

Discutable. Et Leibniz ? Postérieur, certes. Et pourquoi la femelle du clodo savait tout ? De toutes les façons qu'on s'y prenne, ce n'est pas parce que Leibniz est postérieur que ça change grand-chose, au contraire. Il serait tout de même important de savoir dans quelle combine puante a mis jadis son nez le sieur Le Villain, qui connaît des pornographes qui...

Une relation s'instaure entre ces deux partenaires... Lesquels ? Ah oui, l'homme et la nature... Voyons... la femelle du clodo est gauchère, c'est utile à savoir ; c'est drôle de tirer au pistolet quand on est gaucher et je n'ai pas mis assez de sel, *qui se livrent désormais à un dialogue sans témoin.* Ça aussi, c'est inexact, dans la tête des gens du XVIIe siècle, Dieu est le témoin qui...

Je me levai pour aller chercher le sel, j'avais envie d'être à Vienne très vite. Je me versai du mâcon, le téléphone sonna, je portai mon verre de mâcon vers ce téléphone, le regardai un moment en train d'appeler au secours pour qu'on le délivre de cette sonnerie qui devait le gêner, décrochai.

— Qu'est-ce que tu fous ? demanda Valentin.

— Je lis, mentis-je.

— Ah ouais. Toujours très penseur.

— C'est ça. Parle-moi de M. et Mme Le Villain.

— T'en es où ?

— Tu n'es pas vraiment très loin d'ici.

— Dans une heure, dit Valentin. C'est drôle, en fait.

— Dans une heure.

Dire que je ne pouvais pas lui dire que je n'en avais plus rien à foutre.

Je l'avais mouillé, Valentin. Et il y avait même des chances qu'il se soit pris au jeu, Valentin. Je demeurai un instant rêveur, pour changer. Vers le téléphone qui se plaignait, j'avais emporté mon verre de mâcon. Mais pas le Ruger demeuré sur la table de la cuisine. Et, sur ma droite, vint dans le champ de mon regard la femme du clodo, la clodaque armée maintenant de mon Ruger. Elle me regardait, avec une méchanceté dans l'œil parfaitement nette. Et je n'avais aucun .44 ou autre belle chose planquée sous le coussin du fauteuil. Et quand même l'aurais-je eu que ça n'aurait rien changé.

— D'accord, dis-je.

Il allait falloir durer un bon moment, rien qu'avec des mots. J'avais vraiment envie de savoir comment elle avait connu mon adresse, mais ce n'était pas le moment de lui poser des questions.

— T'as connu mon adresse comment ?

Elle sourit. Il me sembla qu'elle avait encore moins de dents que j'avais cru pouvoir repérer la première fois.

— Tu t'allonges par terre, dit-elle.

Après tout, la moquette était très épaisse.

— Tu as tué Jasper, ajouta-t-elle.

Ah bon. Le clodaque s'appelait Jasper. C'était complet.

— Il eut jadis une fonction chez un lord anglais ? demandai-je en même temps que je voyais bien qu'il fallait que je respire la moquette et que je m'aperçoive à quel point la femme de ménage était peu consciencieuse.

Mais ma question ne lui plut aucunement.

— C'est pas la peine de m'énerver, ça ne marche pas. On attend, c'est tout.

Eh ben voilà.

— Je peux avoir une cigarette ?

— Non. Tu peux seulement croiser tes mains sur tes reins derrière ton dos. On attend. Après, je vais te châtrer.

— C'est un beau programme, dis-je.

— Oui.

— Il y a quelques bons couteaux dans la cuisine, dis-je.

J'étais en train de me mettre à suer et je voyais pourquoi. Je voyais pourquoi, au téléphone, Valentin avait dit que c'était drôle.

Parce que c'était Valentin qu'on attendait. Je me mis à chercher quelque chose à envoyer dans la gueule de la clodo. Après, ce serait moi qui attendrais Valentin.

Parce que je ne voyais guère quelqu'un d'autre que Valentin pour connaître utilement mon adresse. Ce qu'il avait trouvé en enquêtant sur Le Villain avait dû lui donner des idées et il connaissait bien assez de monde pour savoir qui était la clodaque et l'envoyer en première ligne. Ce cher Valentin.

Valentin avait flairé la grosse combine et avait apparemment appris des choses. On sonna à la porte. La clodaque de merde avait, à ce moment exact, les pieds sur le tapis assez petit devant le bar, ne parvenait pas à me faire peur, j'étais dans une forme exceptionnelle, elle me regarda, le même regard alla vers le couloir, elle aurait dû m'attacher, elle était bien trop sûre d'elle, une de plus dans ceux qui croient savoir, mes bras se rejoignirent et mes mains attrapèrent le tapis furieusement.

Classique mais efficace. Il ne me viendrait jamais à l'esprit de marcher sur un tapis à côté du type que j'ai fait s'allonger par terre les mains libres. Mais c'est son problème.

Elle partit en avant selon la physique la plus élémentaire, appuya nerveusement sur la queue de détente du Ruger qui fit un trou bruyant dans je ne sais quel endroit. Je remerciai la personne qui sonnait et me jetai sur la femelle au manteau émacié en comprenant d'où venait l'odeur, ma main entra au contact d'un sein mou que j'écrasai avec une méchanceté incomparable, elle hurla et je lui cassai un doigt en lui arrachant le Ruger .44 magnum, si belle arme.

J'envoyai le canon du Ruger en plein dans la gueule du

monstre pas plus clodo que moi et qui avait trouvé qu'il était fin d'être clodo. J'avais envie de la tirer tout de suite, il y avait l'avion pour Vienne, quelqu'un à la porte qui devait s'alarmer, et Valentin.

Comme elle avait renoncé aux incisives et aux canines depuis beau temps, elle en prit littéralement plein les gencives.

Également, elle repartit en arrière, glissant dans l'autre sens sur le tapis.

Elle sentait dans ce sens-là aussi. Ça devait faire partie de son truc. Avec la ceinture de son manteau râpé, je lui attachai les poignets derrière le dos, vis qu'elle avait posé son sac pourri sur le guéridon très laid et dans le sac était le FN. Allait bien mieux. À mon avis, c'était la jolie petite Danielle.

Et il fallait fuir à toute vitesse.

C'était la petite Danielle, ainsi que je vis quand j'ouvris la porte.

— Tu tombes à pic, dis-je.

— On a tiré un coup de fusil ? Tu sais, je suis venue depuis la gare à pied.

— Tu aurais dû téléphoner avant.

Elle avait un regard triste et joli, parfaitement clair.

— J'ai essayé toute la matinée.

Je fis un mouvement imprécis du menton en me demandant ce que j'allais en faire.

— Ce n'était pas un coup de fusil.

— Tu es en sueur, qu'est-ce que tu as ?

— Rentre chez toi et oublie tout, c'est vraiment le mieux.

— Hein ?

— Rentre chez toi et oublie tout, c'est vraiment le mieux.

— Mais... je suis venue...

— Oui, Danielle.

Et Valentin, maintenant, n'allait plus tarder.

Et aussi, il fallait que je dise à Danielle qu'il était viscéralement nécessaire qu'elle foute le camp pour ne jamais revenir. Et elle entra dans le couloir. Maintenant, c'était foutu.

Elle dit :

— Il y a de drôles de choses dans tes yeux.

Elle voulait voir. Elle allait tomber dans la merde à son tour.

Ça y est : elle y est, elle voit la clodaque ficelée et haineuse au visage en sang et elle ne voit pas le Ruger demeuré derrière mon dos.

— C'est qui ?

— Je ne sais pas, éludai-je.

— Qu'est-ce que tu fais ?

— J'attends l'ami Valentin qui doit avoir appris des choses intéressantes. Intéressantes *pour lui*, d'après ce qu'il a l'air de penser. Et des choses qui doivent certainement *et* permettre de gagner quelques sous *et* exiger la liquidation des vilains fouineurs.

— Dans ton genre ?

— Dans mon genre.

Elle fit une jolie grimace, dit que ça n'était pas clair. Bien d'accord avec elle.

— Ça a à voir avec ton copain flic, c'est ça ?

— C'est ça.

— Et quoi ?

— Justement. Personne n'a l'air d'avoir envie que je le sache. Valentin doit avoir l'intention de se livrer à la vilaine pratique qu'on appelle le chantage. Et comme il se croit malin et à l'épreuve des balles perforantes, il est persuadé qu'il va réussir.

Le sang commençait déjà à cailler sur la bouche horriblement gonflée du monstre. Pour que Valentin fonctionne avec ce genre de gens, il fallait que la combine soit bien grasse. Le sang-froid de Danielle me surprenait.

— Tu sais ?

— Quoi ?

— Tu sais, je me doutais que tu avais un grave problème. C'est pour ça que je suis venue.

La Golf GTI de Valentin apparut et ce dernier la gara à côté de la Jaguar. Je tirai sur la culasse mobile du FN Vigilante et une cartouche de 9 mm parabellum vint se loger dans la chambre.

— Il te suffit d'appuyer et le coup part, dis-je à Danielle. Va dans la chambre.

Les yeux me regardèrent et la bouche fit une nouvelle grimace. J'allai ouvrir à Valentin et lui collai le superbe canon nickelé du Ruger sous le nez.

— Qu'est-ce qui te prend ?

Il souriait toujours.

— Ta copine est là. Elle ne se méfie pas assez des tapis et tu me connais, n'est-ce pas, Valentin ?

Il fit oui et je le soulageai de son Beretta.

— Quelle conne ! dit Valentin.

— C'est toi qui es un con. Raconte-moi comment tu crois toucher le maximum.

— Je peux m'asseoir ?

— C'est le mieux. Parle-moi de M. Le Villain avant que j'aie fini de prendre la décision de te descendre.

— On est un peu dans une impasse, non ? fit-il, souriant toujours.

— Il vaut mieux que tu te dépêches, maintenant. Vu l'estime que je te porte encore un peu, tu as des chances de rester entier et tu pourras rembarquer la pauvre serpillière.

— J't'aurai, salope, dit la pauvre serpillière.

— Je suppose qu'elle connaît la cuisine juteuse, fis-je. Tu peux donc y aller devant elle.

— Je ne peux pas faire autrement, hein ? Oh ! je sais perdre.

Je les observai tous les deux, faillis dire quelque chose de peu reluisant touchant la sexualité de Valentin, renonçai : je ne voulais pas le braquer au moment où il allait dire des vérités.

Valentin voyait que le moment était venu de se confier. Et moi, je voyais qu'au premier mouvement erroné de ma part, ils me sauteraient dessus. Aussi n'était-il pas question que je fasse ce genre de mouvement.

— Ça vient ?

— Bon, fit Valentin. Je me suis rencardé sur Le Villain et t'avais raison. Le type a trempé dans une cuisine bizarre, il y a quatre ans. C'est une pédale, lui aussi, mais ça ne se dit pas trop dans le milieu qu'il fréquente, parce qu'il y a autre chose dessous, et là, tu vois, il y a une grosse combine, un coffre-fort très intéressant chez Le Villain, avec des photos et des noms. Des noms célèbres.

— C'est Vuidos qui fait les photos, bien entendu ?

— Bien sûr, tu penses.

Il prit un air songeur et stupide, dit :

— C'est dingue ce qu'il peut y avoir comme pédales.

— Ça cache quoi ? Pour l'instant, il n'y a pas de quoi flinguer deux flics et deux tueurs de flics, torturer un patron de restau et je ne sais quoi d'autre.

— Ferme-la, dit la serpillière.

— Et Karen, là-dedans ? dis-je.

Valentin faillit en perdre son sourire.

— C'est qui, Karen ?

La clodaque, elle, paraissait savoir, car elle fit un mouvement des yeux. Valentin ne savait que des bribes, semblait-il.

— J'peux avoir un scotch ? demanda Valentin.

— Non. Tu me l'enverrais dans la gueule. Allez, lâche vite le reste.

— Tu me passes du pognon, alors, dit Valentin.

— Tu rigoles.

— C'est vraiment une histoire dégueulasse. Une histoire de paris. Et il y a des mecs qui parient très cher.

— Des paris sur quoi ?

— Tu ne devineras jamais.

— J'ai rien à deviner, je suis là pour l'entendre.

— Écoute, je t'assure, je ne peux pas te dire, c'est trop dégueulasse.

Je voyais mal Valentin jouant les mijaurées, c'était nouveau.

— Des paris illicites sur des chevaux ? C'est courant.

— Non. Des paris sur des types.

— Sport ?

— Si on veut.

Il faillit rire, renonça. Mit un nouveau temps.

— Passe-moi un scotch, je te jure que je ne te le foutrai pas dans la gueule.

Je lui versai un scotch et lui lançai une cigarette. Ça eut l'air de lui faire du bien.

— Accouche, maintenant.

— Ils organisent des combats de gladiateurs, dit Valentin d'une voix bizarre.

— Pardon ?

— Si.

— Avec des petits mecs de Vuidos ?

— Oui.

— Et M. Le Villain est un amateur ?

— Voilà.

Joli. Très joli. Des combats de gladiateurs, à la fin du XXe

siècle en Europe occidentale. Ça aussi, ça devait faire de jolies photographies. Décidément, vous avez remarqué, l'humanité ne s'arrange pas.

Tas de cinglés.

— Et il y a des types qui parient. Qui parient sur quoi ?

— Sur celui qui restera vivant.

Moi aussi, finalement, pourquoi pas un scotch ?

— Et Vuidos photographie ?

— T'as tout deviné.

— Il y a un mort à chaque fois ?

— C'est ça.

— Et ils les trouvent où, les types ?

Quel était le cauchemar, en ce moment ? Il était temps que je me reprenne.

— Surtout chez les immigrés. Les immigrés clandestins, tu vois.

Bien sûr. Ça disparaît sans laisser vraiment de traces, ces choses-là.

À côté, les combats de chiens illégaux aux États-Unis étaient un jeu d'enfants de chœur. Où s'arrête l'ignominie ?

Et il n'était pas difficile de se douter des raisons pour lesquelles Bruno et ensuite son copain s'étaient fait descendre. Traînant dans les milieux des immigrés de Barbès, ils étaient tombés là-dessus et voilà tout. Et la petite Karen ?

— Tu voulais les racketter ? demandai-je à Valentin.

— Pourquoi pas ?

Bien sûr : pourquoi pas ? Je n'avais plus grand-chose à dire. Je dis encore :

— Il y a alors des poulets qui sont au courant et qui laissent rouler.

— Forcément.

— Et tu as conçu que pour pouvoir faire ton beau chantage, j'étais trop embarrassant. Tu t'es, en conséquence, organisé en vitesse avec le déchet.

— J't'aurais seulement demandé de ne pas insister.

Mais ben voyons ? C'était certainement aussi l'intention de la clodaque dont j'avais détruit le mec. Qu'est-ce que j'allais faire de Valentin et de l'autre merde, débris, déchet et quoi d'autre encore ?

Danielle, dans la chambre, allait bientôt prendre racine. J'avais une fâcheuse envie de les détruire tous les deux, il se passait bien des choses, monsieur.

Impossible de rendre Danielle complice d'un double meurtre ; impossible de les descendre, en conséquence. C'était extrêmement regrettable, mais j'allais être obligé de les laisser filer. Et les laisser filer revenait à dire que la clodaque allait se précipiter chez ses maîtres en expliquant que j'étais le premier de la liste. Et Danielle elle-même en numéro deux, assurément.

Bien coincé. Ou alors, autrement, la destruction sélective.

Des combats de gladiateurs et des paris. Envie de dégueuler.

— Tu me dis de qui tu tiens tes sensationnelles informations et tu te casses, Valentin.

— Tu ne peux pas me demander ça, dit Valentin qui, apparemment, avait perdu son sens de l'humour.

La clodaque le regardait avec une haine effarante, mais ne disait mot.

— Tu rigoles, Valentin.

Je n'ajoutai pas que dans un argot désormais caduc un revolver s'appelait un rigolo. Voyez les bons auteurs.

— Et elle ? essaya-t-il encore.

— Dépêche-toi, j'ai des choses à faire.

Découragé, Valentin. Vu mon état d'esprit, pour lui, c'était encore le mieux, mais il n'avait pas l'air de s'en rendre compte.

— Quand j'ai vu le nom de Le Villain, ça m'a rappelé un truc, une histoire de bookmaker il y a trois, quatre ans. Je connaissais un mec qu'avait été mouillé là-dedans. C'est lui qui m'a donné ce coup-là, cette histoire de dingues.

— Son nom ?

— Simon. Simon Verlaz.

— Où ?

Décidément, il fallait tout lui arracher.

Valentin jeta un regard latéral vers le monstre, je me demandais que faire de ces deux-là, je songeais aux effarantes révélations de Valentin, je me disais des banalités sur la sexualité humaine, l'exhibitionnisme-voyeurisme-sadisme-tout-ce-que-vous-voudrez et j'attendais que Valentin en finisse et j'en avais marre d'attendre.

— Bon. Il crèche à côté de la gare de l'Est, rue Notre-Dame-de-Nazareth. Mais il ne te dira rien de plus qu'à moi.

— Ça se passe où et quand, ces fameux combats ? Par quel circuit les amateurs se retrouvent-ils ? Qui organise ?

— Tu penses bien qu'il ne me l'a pas raconté.

Valentin haussa les épaules.

— Tu comptais faire comment pour le savoir ?

Nouveau haussement d'épaules, mais je comprenais : elle, l'ignoble, elle savait, voilà ce que pensait Valentin et il avait cru pouvoir entrer dans le circuit par là.

— Cassez-vous, dis-je.

J'aurais donné cher pour leur régler leur compte. Parce que peut-être que Valentin laisserait tomber, mais la vieille fausse clocharde, certainement pas. Et je ne voulais pas mêler Danielle à un double meurtre ; impossible, ça. Et d'une autre façon, j'allais devenir la cible privilégiée. J'avais intérêt à rechercher de puissants alliés. J'avais une très vague idée à ce sujet.

— On se reverra, dit la cloche terrifiante qui avait un énorme hématome au-dessous du nez.

Ça complétait le tableau, cauchemar de luxe.

— Tu la détacheras quand vous serez dehors, dis-je à Valentin.

— Je crois que j'ai fait une connerie, hein ?

— Ça y ressemble, rétorquai-je.

Allait-il se mettre à genoux ou réclamer la fessée méritée ?

7

— J'ai tout entendu, dit Danielle.

— Moins intéressant que la microphysique, mais éclairant en ce qui concerne le genre humain.

— Je peux avoir un porto ?

— Tu peux avoir un porto.

— Et qu'est-ce que tu vas faire ?

— Téléphoner. Nous avons *peut-être* un allié.

— Ah ?

Je pianotai sur le téléphone et Caroline décrocha à la deuxième sonnerie.

— Bonjour. Je suis toujours avec sur les bras le problème de téléphoner à quelqu'un qui est sur la liste rouge, fis-je.

— Tu ne manques pas de culot. Tu ne te souviens pas que tu devais m'inviter à dîner ?

— Je m'en souviens très bien, ça sera cumulatif.

— T'es chiant. Tu te rends compte de ce que je risque ?

Si elle avait su ce que je risquais, moi... Mais il ne faut pas tout le temps se mettre en avant.

— Au Chesnay, rue de Glatigny, Tourouvre Claude.

Soupir.

— Je te rappelle dans dix minutes, si tu me donnes un numéro.

Je lui donnai un numéro, le bon tant qu'à faire. J'ajoutai :

— Samedi prochain, chère Auvergnate, nous irons manger des choses de ton pays.

— Menteur !

Elle raccrocha. Danielle fumait, regardait à la fenêtre la pluie qui tombait sur la rue déserte. Je me mis à fumer aussi et embrassai ses cheveux aux superbes couleurs.

— C'est qui, Tourouvre Claude ?

— Un commissaire de police, un divisionnaire des Renseignements généraux qui a eu comme gendre un flic qu'on a descendu.

— Et on fait quoi, ensuite ?

— On fout le camp pour s'installer ailleurs.

Elle frissonna.

— Ils vont essayer de nous tuer, c'est ça ?

Je ne répondis rien ; je ne lui dis pas qu'à mon contact on se retrouvait toujours dans d'inquiétantes situations. Je ne lui dis pas non plus que cette affaire de destin avait peut-être un sens, en fin de compte, et que j'ignorais exactement pourquoi je me préoccupais de cette merdique et dangereuse histoire.

Je laissai Caroline sonner trois fois. Elle me donna le numéro du commissaire Claude Tourouvre et me demanda si c'était véritablement vrai pour ce samedi.

— Bien sûr, après-demain soir.

— Bon. *Ciao.*

C'était son genre, *ciao*. C'était aussi un ingénieur en informatique qui avait de l'humour et qui faisait très bien l'amour.

Bon. Allons-y. J'allumai une cigarette de très bon tabac américain et Danielle continua à regarder la pluie derrière les rideaux.

— Allô, oui ? dit une voix aux accentuations fermes mais tabagiques.

Normal et prévu.

— Je parle au commissaire divisionnaire Tourouvre, bien entendu ?

— C'est ça, dit la voix d'un homme agacé, déjà agacé. Et vous-même ?

Agacé et méfiant.

— Il faudrait, monsieur le divisionnaire, que peut-être nous nous rencontrions *très* vite.

La cendre chuta sur la moquette, dessinant un petit tas curieux.

Je laissai un temps, il attendait, je n'entendais pas son souffle. Il concluait qu'il avait l'habitude de ce genre de conversations. Également, il se racontait que je ne l'impressionnais pas. Mais il est vrai que j'avais besoin d'un allié. Ou d'une belle corde pour me pendre ? Vu la façon dont les choses s'arrangeaient...

Allons-y donc. Danielle secouait la tête, regardait le FN Vigilante. Je souris.

— Je suis le type avec lequel Étienne Pezetta dînait lorsqu'il s'est fait descendre.

Il ne dit rien du tout. Je voulais un allié et je voyais le mec se terminant comme un ennemi furieux. Pourquoi ? Pour ce que me racontait Valentin ? Il est vrai également qu'il n'avait rien à me dire. Il me semblait l'*entendre* réfléchir. Il eut un énoncé grandiloquent :

— Et alors ?

— Alors, vous avez des problèmes graves, j'en ai de mon côté et je me demande seulement si mes problèmes vont entrer en collision avec les vôtres, ce qui produirait de tristes effets.

Je conclus qu'il était peu question de faire confiance à ce type, mais voir aussi où il allait.

Que sont les plumes d'un poulet mouillé jusqu'au cul ? Est-ce que je me jetais dans la gueule du flic que je soupçonnais à la fois marron et tout-puissant ? Ou bien on faisait chanter ce poulet, et alors il était contraint de devenir un allié très présentable, ou bien on ne le faisait pas chanter et alors il fallait que je sois très loin très vite si je ne voulais pas terminer mes jours à Clairvaux, conformément à la promesse du très efficacement détruit officier de police Étienne Pezetta. Tiens ? Moi aussi, me mettrais-je à faire des paris insensés ? Ou encore il y avait autre chose.

Ou bien rien du tout.

— D'accord.

Il avait une voix que je trouvais mensongère, un aspect usé auquel je ne croyais pas et se demandait-il de combien de CRS il aurait besoin pour venir à bout de moi ? Suis-je un anarchiste ? Vous savez, ces gens dans des maisons que la police encercle.

— Vous jouez un jeu difficile, monsieur... ?

— Marx, Karl Marx.

Le crétin imaginait des choses, difficile, non. On allait bien voir. Côté sincérité mensongère, je ne vais pas mal, merci.

— Où et quand ?

Je me cherche constamment des alliés qui n'en sont pas. Ça marchera jusqu'à quand ? Et leurs combines de chiottes, elles vont jusqu'où, elles ? Il me restait à me marcher avec le poulet, à croire tout ce qu'il disait. Jusqu'au moment où il y viendrait. Comme tous les autres. Comme Valentin. J'allais être interminablement rusé.

— Dans une demi-heure, vous quittez Montfort-l'Amaury en prenant la route de Saint-Quentin-en-Yvelines.

— J'ai une R11 turbo blanche. Ce n'est pas un modèle très répandu.

— Je vous doublerai avec une Jaguar noire et vous n'aurez plus qu'à suivre.

— D'accord.

Il mit un temps, il attendait tout le temps entre ses phrases.

— Vous avez confiance ?

Mais bien entendu. Qu'est-ce qu'il croyait ?

— À tout à l'heure, Karl Marx.

Il n'avait pas l'air de se marrer et je raccrochai.

— Tu vas le voir, alors ? demanda Danielle.

— Hm...

— Tu crois que tu es en train de te tromper, hein ? C'est ça ?

— Non. Ça me fait suer de te mouiller dans un truc bien dégueulasse.

— Avec toi, je n'ai pas peur. Je ne sais pas pourquoi, mais non.

À mon avis, elle changerait d'avis très bientôt. Incessamment sous peu. Pourquoi était-elle arrivée à ce moment ? Et puis merci, elle était arrivée.

La R11 turbo me passa sous le nez comme convenu, le conducteur avait des cheveux gris et portait des lunettes. Il pleuvait à seaux.

Je jetai ma cigarette et le capot de la Jaguar HE Sovereign se mit à suivre la petite voiture racée aux accélérations exaspérantes.

Puis je doublai, roulai un moment à cent, freinai, tournai à droite dans une jolie route forestière, la pluie avait décidé de renoncer un moment, le ciel était bas et, quand je sortis de la voiture, l'air avait un goût d'humus.

Les CRS étaient dans leur caserne et pas du tout en train d'entourer le secteur. Danielle était assise à la place du passager, manipulait ce pistolet automatique dont elle avait plus ou moins peur et le laissait sur ses genoux.

Armé.

Et que penser de la vieille Fiat stationnée à Montfort-l'Amaury ? Celle qui avait dû suivre le commissaire divisionnaire Paul Tourouvre. Le commissaire divisionnaire Paul Tourouvre n'en semblait pas préoccupé. Et Danielle saurait-elle tirer une ou deux cartouches de 9 mm parabellum du FN Vigilante ?

— J'ai déjà tiré, dit-elle par la vitre ouverte.

Elle avait une tache de rousseur sur l'aile droite du nez et un petit bouton mal cicatrisé sur le menton. Sa bouche avait une ressemblance avec celle d'une actrice française célébrissime.

Je me mis à marcher sur la route mouillée, sous le ciel bas, ras du sol, à la rencontre du poulet super-poulet. Le super-poulet avec un beau manteau, une calvitie avérée, des yeux d'un incroyable bleu métallique. Il y avait cette tache de rousseur au-dessus de la bouche de Danielle qui était la bouche d'une actrice française célèbre, une actrice dont la photo était dans les WC chez des copains, et question : doit-on mettre dans des chiottes la photo d'actrices célèbres qui ressemblent à des filles que je me mets à horriblement aimer ? Bon.

Il n'y avait plus qu'à conclure qu'à l'actrice très célèbre manquait la tache de rousseur décisive et que le Ruger Security Six était bien là.

— Karl Marx ?

— C'est ça.

— Et la jeune fille dans votre voiture est mal barrée ?

— Il y a cette vieille Fiat.

— Quelle Fiat ?

Le regard bleu ne vacilla pas du tout. La vieille clodaque pourrie de merde avait suivi un chemin de raisons qui ressemblait au mien. On l'aurait bientôt sur le cul.

Quelle horreur !

Mais bien. L'odeur de l'humus et le flic qui ne comprend pas du tout. La vieille clocharde était en train de progresser à travers bois et se proposait de nous tirer tous les deux, fin de l'histoire. Les cheveux de Danielle sont un casque de couleur fauve et mouvante.

Et la vieille clodaque de merde avait à la main un flingue de saloperie qu'elle gardait au chaud dans sa pourriture de bagnole. La Jaguar, garée sur le bas-côté, serait la première cible. Danielle ne pouvait savoir cela.

— Un instant, dis-je au super-poulet.

Je fis demi-tour comme un dément, la vieille folle arrivait au couvert. Danielle semblait rêver dans la voiture noire et luisante.

Danielle tira à travers la vitre de la Jaguar, quasi dans son dos.

J'eus donc droit à la vision de l'index long et fin, à l'ongle rongé au sang en train d'écraser la queue de détente d'un FN Vigilante, cible invisible.

Mais Danielle, elle, elle devait voir.

Danielle sortit comme une dingue de la Jaguar à la vitre explosée, fila entre les arbres.

La clodaque de merde était mourante et il me venait des sentiments à son égard. Un commissaire divisionnaire me suivait entre les arbres prêts à être printaniers.

En soufflant un peu.

La clodaque de merde vomit du sang.

Étalée dans les feuilles humides, elle faisait une peine atroce.

Donc il peut arriver des choses le jeudi après-midi en forêt de Rambouillet.

Par exemple, une vieille clodaque à vive vocation de tueuse qui a tout perdu et qui aussi perd tout son sang sur les feuilles gelées.

Danielle disait :

— Tu crois ?...

— Elle est foutue.

— Oh, non !

Du sang sortait de la bouche de la vieille femme aux poumons déchiquetés. Danielle jeta le FN sur les feuilles rousses et pourrissantes.

— J'veux pas, tu sais ?

Je savais. Je me baissai, un nouveau flot de sang sortit de la bouche édentée et du nez aussi. Je ramassai le pistolet automatique.

— Elle allait..., essaya encore Danielle. Elle allait...

— Bien sûr, dis-je.

— Elle est foutue, dit le commissaire divisionnaire. Noémie Buisson. Dans le milieu de la cloche, on a dit qu'elle avait une parenté avec Émile Buisson [1].

Il mit un temps, chercha, trouva des cigarettes, en offrit machinalement. De quoi avions-nous l'air, tous les trois, à regarder crever, pas d'autre mot, Noémie Buisson qui avait voulu venger son pote Jasper et qu'une petite fille terrifiée venait de terminer ?

La petite terrifiée implora :

— On ne peut vraiment pas la sauver ?

Que répondre ?

Claude Tourouvre, commissaire divisionnaire, dit :

— Je ne pensais pas qu'on en était là.

Avait-il un air effondré ?

La vieille femme mourut, je dis qu'il était peut-être préférable de ne pas s'éterniser dans le secteur. Et j'avais envie de savoir comment le super-flic s'était fait piéger dans cette merde.

---

1. Célèbre gangster du lendemain de la Seconde Guerre mondiale.

La petite fille tremblait horriblement, panique dans sa tête.

— Qu'est-ce qu'on va en faire ?

— Rien, m'entendis-je dire.

Elle se voûta.

— Vous allez être obligé de faire des prodiges.

C'était moi qui parlais au flic, me semblait-il.

— Vous avez des Kleenex ?

Je le voyais venir et lui tendis un paquet entamé. Le sac de la vieille était à un mètre du corps. Claude Tourouvre utilisa un Kleenex pour ouvrir le sac et le vider de son contenu sur les feuilles odorantes. Le printemps, peut-être, s'annonçait ?

Le sang-froid du super-flic me fascinait. Il se savait dans une position complètement intenable, ne discutait pas. Il dut sentir que je pensais à ce genre de choses, dit :

— Ou bien je trouve une solution ou bien je me suicide.

Ça devenait romantique au plus haut point. Et assez grotesque.

— J'peux plus, dit Danielle.

— Prends la Jaguar, va t'installer au *Trianon Palace* à Versailles, demande à la réception qu'on s'occupe de la vitre de la portière en expliquant des choses raisonnables.

— Mais les bagages ?

Je lui tendis quatre billets de cinq cents francs.

— Achète-t'en. Et téléphone à tes parents que tu dînes chez une super-copine.

Elle fit oui de la tête.

— Je l'ai tuée...

Son regard monta du sol vers moi et elle eut le courage de sourire. Je la vis aller vers la Jaguar.

— Ce n'est pas une manœuvre plus bête qu'une autre, dit le flic.

Je n'avais rien à foutre de ses commentaires. Vraiment rien.

— Allons boire un bourbon et six tasses de café, dis-je.

— Ça ne paraît pas con, dit-il à son tour.

— Je ne comprends pas, dit-il en me montrant la carte d'identité de la vieille femme.

Et il y avait de quoi ne pas comprendre, en effet. La vieille avait une adresse avenue d'Iéna, ce qui n'est pas la même chose qu'une bouche de métro.

Je l'observais et j'attendais. Il n'allait certainement pas fuir devant ce qu'il avait à dire, essayait de comprendre, était pris depuis longtemps dans cette saloperie, relevait la tête. Je plaignais les types qui lui faisaient relever la tête, qui avaient certainement poussé le bouchon un peu loin.

Les tables étaient vernies en noir, le lieu désert, le bourbon identique à lui-même et le café infect.

Il parlerait à son moment et j'avais bien le droit de lui laisser ce dernier moment. Je savais que quand il aurait fini de parler, il serait un homme terminé. Je pouvais bien lui laisser cette petite rémission. De moi, il ne demanderait rien. Il savait certainement qui j'étais. Est-ce que ce serait facile pour lui de se confier à moi ?

Intéressantes questions. Avait qu'à pas être flic ; t'as, t'as qu'à, tactatacatac.

— Vous étiez trop jeune pour faire la guerre d'Algérie, et donc il ne vous est rien arrivé de dur.

— Non, dis-je.

Il triturait un morceau de papier, avait l'air de se foutre de tout.

— Vous êtes vraiment dur, vous, n'est-ce pas ?

Il disait cela avec un air méchant.

— Je ne crois pas.

Apparemment, il ne mettait des lunettes que pour

conduire. Il joignit les mains lourdes qui étaient les siennes, mains lourdes aux ongles manucurés.

Ce devait être pour compenser.

— Vous êtes qui, au juste ?

— Quelqu'un qui n'a aucun intérêt à être en compagnie de poulets. Quelqu'un qui n'aime pas qu'on tue celui qui a été un ami.

— Vous voulez dire mon gendre, c'est ça ?

J'opinai en me demandant ce que la guerre d'Algérie venait faire là-dedans.

— Expliquez-moi comment vous en êtes venu à vous mouiller dans cette horreur, fis-je. Ensuite, nous établirons un plan pour régler cette affaire sans que ça vous éclabousse.

Il me regarda, dit encore :

— Vous êtes un type bizarre.

— Tout le monde en est plus ou moins là. Si on regarde bien, ce monde est en train de se transformer purement et simplement en asile d'aliénés. J'essaye d'être un peu moins fou que les autres ; c'est ça qui doit faire bizarre.

Est-ce que c'était vraiment le moment d'une tirade morale ? Plutôt celui d'un nouveau café infect. Je commandai deux autres bourbons.

— Je commence à voir à peu près qui vous êtes, fit-il. Je connais pas mal de mes collègues qui aimeraient vous tomber.

— C'est leur problème.

Je me sentais calme et parfaitement fou. S'il croyait que j'allais lui raconter ma vie splendide, douloureuse, amoureuse et pleine d'emmerdements que je me fabrique à plaisir, il s'égarait.

Pour l'instant, il se demandait s'il allait finalement se confier à moi. C'était un homme plutôt tourmenté.

— Pendant la bataille d'Alger, j'étais un jeune flic de la DST. Vous voyez le genre de travail qu'on faisait ?

Il tournait son verre dans ses mains lourdes et manucurées, observait avec passion le glaçon en train de fondre dans le bourbon.

— Vous torturiez des gens pour les faire parler, sans doute. Comme dans la chanson de Ferré, « Cause, Youssef, sinon je te branche sur l'EDF. »

— Je ne sais pas.

— Ça a eu son heure de gloire, le titre c'est *Quand on questionne, y a qu'à causer*.

Il me regarda avec des yeux devenus hagards.

— J'ai fait ça.

Les mains lourdes tremblaient.

— C'était une fille de 17 ou 18 ans. Elle trimbalait des bombes et on se disait que des bombes comme ça tueraient dix ou quinze innocents à chaque fois.

— Bien sûr, c'est toujours ce qu'on se dit pour s'expliquer pourquoi on va poser cette électrode à cet endroit-là.

— J'avais tort. Je ne savais pas à quel point j'avais tort.

— Le droit français prévoit qu'on n'est pas obligé d'obéir à des ordres manifestement illégitimes.

Ça m'allait bien de citer le droit, mais je voyais trop la chose.

— Elle en est morte, dit-il. Vous comprenez ?

Je décidai, vraiment, d'être très gentil, de dire « Oui, je comprends. »

— Non, dis-je.

Il hocha la tête. Puis releva la tête. Il avait les yeux incroyablement durs. Je n'aurais pas aimé qu'il en ait après moi, avec une telle dose d'on ne savait quoi dans le regard.

— Il y a quelqu'un qui a tout filmé, dit-il en découpant les mots comme un rôti.

Je commençais à voir. Mais apparemment, je n'avais pas encore tout vu. Je commandai encore du bourbon. Ça ferait six bourbons et un café et non pas six cafés et un bourbon, mais après tout, pourvu que la proportion demeure...

— Ma femme est algérienne, dit-il. Je l'ai rencontrée environ six mois après ça.

Ça, on voyait ce que c'était.

— Et alors ?

— Et alors... alors... Alors c'était sa sœur, la petite.

Je ne suis pas d'une nature particulièrement sensible, mais il me sembla que quelque chose de froid coulait dans mon dos. Il m'arrivait que je n'avais pas envie de comprendre. La pluie claqua contre les carreaux, la lumière était douce et d'un bel or dans le troquet chaud et désert, glissait sur le noir brillant des tables. Le type qui nous servait à boire disparaissait dans sa cuisine sitôt qu'il nous avait refait le plein de bourbon, genre bon gros qui ne voit rien, n'entend rien, ne veut rien savoir. Il aurait été très étonné de la substance de notre conversation.

— Elle ne sait toujours pas qu'elle est mariée avec le type qui a tué sa sœur sous la torture ?

Mais je connaissais la réponse. Je me doutais qu'il ne l'avait pas su tout de suite, qu'il avait passé son temps à se dire que c'était un homonyme et qu'il faisait le même cauchemar chaque nuit, qu'il ne pourrait jamais s'arracher ça de la tête. Le commissaire divisionnaire Claude Tourouvre se foutait bien que son nom soit dans le *Canard Enchaîné* et que sa carrière soit foutue. Il était bien plus profondément trituré.

— C'est quand on lui a mis l'électrode dans l'oreille que le cœur n'a pas tenu.

— Je croyais que les tyrannies modernes avaient des médecins ?

— On n'en était pas encore là.

Les mains lourdes écrasèrent le verre et il se coupa ainsi profondément l'intérieur de la paume droite.

— Ça va avoir trente ans, bientôt, dis-je.

Pour essayer de le calmer.

— Leïla se tuera si elle le sait.

Leïla devait être sa femme. Je ne lui dis pas que des sentiments exagérés sont incompatibles avec l'exercice de certains métiers. Il devait savoir cela par cœur.

— Qui a le film ?

Il regardait sa main coupée, ramassait les morceaux du verre.

Là aussi, je devinais la réponse.

— Je ne sais pas.

— Ça fait longtemps qu'il vous tient ?

— Ça doit faire cinq ans. J'ai reçu ça par la poste...

— Ça ?

— Le film.

— Ah oui. Un double avec un petit mot. Comment voulez-vous que ce soit quelqu'un d'autre qu'un de vos collègues ?

Il me regarda d'un regard bizarre, faillit dire quelque chose, se ravisa. Ça me paraissait bizarre, cette histoire de film. Dans les villas assez spéciales de l'époque de la bataille d'Alger, qui donc se baladait avec des caméras pour filmer ? Peut-être était-ce un énorme mensonge ? Et ce flic devait savoir aussi bien que moi que les mensonges ne sont bons que quand ils sont énormes. Ou bien encore il ne mentait pas et c'était seulement la réalité elle-même qui était énorme. Bon. On allait bien voir.

— Allons visiter l'appartement de la clodaque, avenue d'Iéna.

Il hésita à peine, dit que c'était une bonne idée. Mais il n'en avait pas l'air vraiment convaincu.

J'étais encore un petit peu plus méfiant et j'avais une certaine envie de vomir. De vomir l'ensemble ou seulement ce flic ? Ou encore parce que j'avais bu trop de bourbon pour un après-midi normal ?

8

Le titre de la chanson de Ferré n'était pas du tout *Quand on questionne, y a qu'à causer*, mais *Les temps sont difficiles*, et Claude Tourouvre fumait en roulant à quatre-vingts vers la porte de Saint-Cloud.

J'étais assis à côté du type qui souffrait. Ou qui disait souffrir.

De quatre-vingts, on redescendit à soixante, puis à quarante. Tourbe de la circulation. Il était 18 heures et on avait droit à un flash d'information. Titre : règlement de compte à Saint-Valery-en-Caux.

Paisible en général, l'endroit normand. Il se débita des platitudes et le commissaire divisionnaire Claude Tourouvre prit ses lunettes dans la boîte à gants. La circulation s'arrêta complètement et il se tourna vers moi.

— C'est qui ?

— Le mec avec qui la vieille opérait et le type qui a descendu Étienne Pezetta. Ahmed est ressorti des chiottes avant que j'aie le temps de régler la vieille.

— Vous êtes toujours comme ça ?

Je ne voyais pas ce qu'il voulait dire, ou plutôt je voyais trop bien. Je n'avais aucune envie de disserter sur ma propre personne avec ce poulet qui avait des états d'âme et qui, effectivement, ne pouvait pas ne pas en avoir.

— La question est de savoir qui a ce film, lui opposai-je.

Il avait des réticences, en ce moment, il dit :

— Je pourrais vous balancer facilement.

— C'est votre problème.

Je me mettais à avoir des tics de langage, à faire de fausses distinctions entre ses problèmes à lui et les miens. Enfin, c'était une façon de s'exprimer.

Dans ma tête, il fut entendu qu'il était déconseillé à ce super-poulet de me doubler, mais il avait l'air de percevoir ça.

La circulation repartit mollement et nous fûmes sous le tunnel.

— Ça dure depuis combien de temps ?

— Quoi ?

— Cette belle saloperie de paris sur des petits mecs qu'on fait s'entre-tuer.

— Je ne sais pas exactement.

— Qui protégez-vous, au juste ? Celui qui organise ? Ça se passe où ?

— Il faut vraiment que je vous le dise, n'est-ce pas ?

— C'est forcément celui qui organise cette ignominie qui vous fait chanter. Il n'a peut-être pas le film, mais vous savez bien comme moi qu'il en connaît au moins l'existence. Hervé Le Villain, qui a trempé dans un scandale financier additionné de paris illicites, ou bien son pote Simon Verlaz ?

Nous sortîmes du tunnel, la nuit tombait sur la ville monstrueuse et ses lumières blafardes.

— Verlaz, laissa-t-il tomber.

— C'est lui, l'organisateur, donc.

Cet homme de 50 ans en paraissait maintenant 70 et je commençais à le plaindre.

— Mais c'est Le Villain qui chapeaute, non ? insistai-je.

— Il n'est sûrement pas le seul.

— Vous savez que votre fille a un amant ? demandai-je en faisant un beau coq-à-l'âne.

— Vous vous foutez de ma gueule depuis le début, c'est ça ?

— Non. C'est Bruno qui me l'a dit.

— Croyez-moi ou non, je n'en savais rien.

Tiens. Fausse piste, donc. Sanguine perdait son temps à arquer après les talons aiguilles de Judith Desarnauds.

— Lui, il le savait, il avait fait suivre sa femme. Il savait aussi des choses touchant des travailleurs immigrés clandestins, il a dû tomber sur cette saloperie, il en est mort et sa flèche aussi. Et vous vous êtes contenté de dire à votre fille qu'il était dangereux. Vous vous doutiez qu'on allait le régler. Et ils ont aussi réglé les deux petits tueurs.

— Vous me haïssez, n'est-ce pas ?

— Je n'ai pas l'habitude de porter des jugements sur la moralité des gens. Je ne me crois pas bien placé pour me le permettre. Je n'énonce pas de jugements sur cette société, sur le bien et le mal, je ne suis pas flic, moi.

— Vous avez quand même le don pour faire culpabiliser les gens.

— Ah bon ? On doit en être à six morts à cause de vos conneries. Et vous voulez mon avis, commissaire ? Vous pourriez très bien être le septième. Ou alors ils trouveront un coup encore plus vicieux pour protéger une combine qui doit rapporter vraiment des paquets en tablant juste sur la saloperie des humains.

Étais-je effectivement trop moral ? Mais je m'en foutais. J'avais ça à lui balancer depuis le début, il fallait bien que ça sorte.

— Vous n'avez pas l'intention de m'épargner, hein ?

Ce qui limite l'efficacité des poulets, c'est qu'ils sont presque toujours bien trop arrogants en même temps qu'ils raisonnent comme des enfants : je lui proposais une alliance très réaliste qui lui donnerait les moyens de se refaire une beauté dans sa tête, et il me parlait de l'épargner ou je ne sais quoi. Il était un des plus merveilleux menteurs que j'aie rencontré.

La concierge de l'avenue d'Iéna, inattendu domicile d'une cloche dont le corps était maintenant logé sur les feuilles glacées de la forêt de Rambouillet. Une fausse concierge, 25 ans et toutes ses dents, fumant beaucoup et faisant des mots croisés. Elle nous avait vus passer et on n'y pouvait rien.

Au cinquième, Claude Tourouvre sortit le trousseau de clefs de Mlle Noémie Buisson, et nous nous retrouvâmes sur de l'épaisse moquette bleu nuit dans un hall splendidement décoré.

— C'est dingue, dit Claude Tourouvre.

Il disait cela parce que les six pièces de l'appartement étaient bourrées de meubles superbes. Je ne suis pas antiquaire, mais il y en avait certainement pour des marées de fric.

— Receleuse, dit Claude Tourouvre.

Pourquoi pas ? Mais peut-être aussi fruit d'une longue activité de tueuse tranquille.

— Peut-être qu'elle aimait à la fois la cloche et les beaux meubles.

Mon allié très provisoire et moi-même nous mîmes à fouiller systématiquement en remettant tout en place soigneusement.

— Qu'est-ce qu'on cherche, finalement ? demanda-t-il au bout d'une demi-heure.

Les deux tiroirs d'un bureau en marqueterie étaient fermés à clef.

— Ce qui est là-dedans. La clef doit être dans le trousseau, j'imagine.

La clef était dans le trousseau. Le tiroir de gauche recelait un Smith & Wesson modèle .38 Bodyguard Airweight, le modèle à chien caréné, et une grenade quadrillée modèle 1937, un classique du genre. J'empochai les deux et mon copain le flic ne fit aucun commentaire. Visiblement, mon geste ne lui plaisait que modérément, mais vu ce qu'on pourchassait, une bonne petite quadrillée, destructrice dans un rayon de cent mètres aurait certainement son usage à un moment ou à un autre. Je refermai soigneusement et passai au tiroir de droite.

C'était un tiroir très bien élevé, qui contenait des choses particulièrement excitantes à mon avis. De l'avis du commissaire divisionnaire Tourouvre aussi, vu que la première chose à voir était une photographie dudit, avec son adresse au Chesnay au dos et une autre adresse à Vétheuil. Il y avait les numéros de téléphone correspondants.

— Je ne vous savais pas aimé et célèbre à ce point-là, ricanai-je.

Ses épaules tombèrent un peu. J'examinai cette photo, photo d'identité agrandie, du même modèle que la photo d'Étienne Pezetta, autre flic, photo donnée à un petit tueur, petit tueur passé depuis sous une rame de métro.

Claude Tourouvre hocha la tête, se fouilla, me montra la photo qui était sur sa carte tricolore.

— C'est la même, fit-il, vaguement hagard.

— Le tueur qui a descendu Étienne Pezetta avait une photo de sa cible tout à fait identique.

— C'est quelqu'un qui a accès au service du personnel, répondit-il, effondré.

Forte conclusion. J'aurais voulu trouver autre chose dans les papiers de Noémie Buisson. J'allumai une cigarette.

— Il n'y a pas de raisons que quelqu'un qui s'occupe du service du personnel place Beauvau ne se soit pas jadis occupé du service du personnel à Alger, lui éclairai-je la lanterne.

Danielle devait se morfondre à l'hôtel *Trianon*, il y avait de tout dans ce tiroir et moi, j'aurais voulu un carnet d'adresses ; au lieu de ça, on apprenait que Noémie Buisson avait encore 406 622 francs dans une banque de Luxembourg, qu'elle avait eu assez récemment des propositions d'une agence matrimoniale de la rue de Rennes, qu'à une époque éloignée, par contre, elle avait reçu des lettres d'amour en provenance d'Angleterre écrites dans un français effroyable par un nommé Bartholomew Mac Crew, qu'elle disposait d'un billet d'avion en *first* pour Stockholm acheté en juillet par Beate Reinhorst et que c'était un passeport de la République fédérale au même nom qui lui avait permis de le faire. Il y avait aussi deux mille dollars en billets de cent et cinquante mille marks en billets de cent, également : ça avait dû être l'unité de compte de la vieille qui, pour ses sorties, enlevait le superbe dentier qui était dans la salle de bains. Rien que du classique, au fond.

Étrange personnage. Mais l'important n'était pas là, l'important était que tout ça ne menait nulle part et qu'il était inutile de moisir à rêver devant ce tiroir ouvert. Au *Trianon*, à Versailles, Danielle me dit qu'elle avait prévenu ses parents et qu'elle avait peur.

Je commençais à ne plus tenir debout, je marchais dans la rue Notre-Dame-de-Nazareth en me demandant pourquoi ainsi je m'obstinais, la nuit était tombée et je me demandais aussi comment j'allais m'y prendre avec Verlaz. Je cessai de me poser cette question quand le car de police-secours tourna démentiellement le coin de la rue et vint stopper devant l'immeuble de Verlaz avec le raffut habituel que font ces choses-là.

Trente secondes plus tôt, j'aurais été dans l'immeuble. Deux des flics qui descendaient du car portaient des MAT 49 et une 305 banalisée arriva à son tour, prenant la rue en sens interdit depuis le boulevard de Sébastopol. Le type venu régler Verlaz avait fait trop de bruit et cela avait ému les voisins. Pour une fuite de gaz, on n'a pas besoin de MAT 49.

Je pris l'air stupide d'un badaud qui ne comprend pas, ralentis un peu, passai devant les poulets de la 305 qui parlaient dans leur radiotéléphone et entrai au café qui fait l'angle boire un demi.

— S'passe quoi ? demanda le serveur.

— Sais pas, dis-je sur le même ton.

En attendant, il y avait quelqu'un qui faisait le ménage. Qui serait le prochain ? Claude Tourouvre ou bien Hervé Le Villain lui-même ? Ou Vuidos ?

Il n'y avait plus qu'à prier pour que le tueur de Verlaz (qu'est-ce que ça aurait bien pu être d'autre ?) ne se fasse pas coiffer par les poulets.

Parce qu'il se mettrait sûrement à raconter des choses qui rendraient la position de mon copain (?) le poulet à peu près intenable.

Je bus mon demi. Pourquoi ne pas laisser tomber ce foutoir ? Il y avait quelque part un type qui nettoyait tous ceux qui, de près ou de loin, approchaient de cette folle histoire où le flic était mouillé jusqu'au-dessus des narines. Vu l'odeur que ça dégageait, n'avait rien de surprenant. Il y aurait d'autres odeurs, bientôt, vu la façon dont je voyais les choses.

Et quelque part dans ma tête s'affirmait tranquillement une idée que je n'aimais pas : l'idée que j'allais continuer, que j'avais envie de savoir qui. Vraiment une idée stupide. Une idée qui ne me lâchait pas depuis que j'avais quitté Bruno Desarnauds sur ce trottoir de la Bastille, au moment où il voulait me dire quelque chose et ne me disait rien du tout. Et deux jours plus tard, mort. Ce qui s'était ensuivi, aussi. Je commençais à savoir où aller.

Il est vrai que ça m'avait permis de récupérer deux mille dollars et cinquante mille marks pas prévus au programme. Une grenade modèle 37, aussi. Celle qui pesait dans ma poche. Et je restais à trente mètres d'une assemblée de flics, avec ça dans la poche, plus un Ruger, plus un Bodyguard ; côté port d'armes prohibées, je valais mon pesant et je restais là, à attendre Valentin.

Valentin entra dans ce rade, dut faire quelque chose qui était un soupir. Je commandai un panaché pour lui et allai poser mon verre à une table au-dessus en formica jaune.

— J'pouvais pas laisser Verlaz sans le prévenir, dit Valentin.

Je ne répondis rien. L'imbécile était transparent et était arrivé trop tard. Trop tard pour Verlaz.

— Qu'est-ce que tu crois encore pouvoir récupérer, Valentin ?

Il me regarda d'un air bizarre.

— Mais... rien, rien, j'te dis. J'voulais juste prévenir Verlaz.

— Le prévenir de quoi, Valentin ? De ce qu'il m'avait au cul ?

Il y eut des bruits dans la rue bourrée de badauds qui devaient avoir envie de se faire moucher, pas de doute. Arrivaient deux cars de CRS et la Land Rover de commandement. C'étaient des mecs qui avaient le projet de boucler le quartier. Pour l'instant, le tueur de Simon Verlaz n'était pas dans leurs pattes. Il n'y avait plus qu'à prier pour que ça dure.

— On se casse, dis-je.

Nous fûmes sur le Sébastopol, les CRS avaient déployé, ils ne firent pas attention à nous, l'esprit vers la rue Notre-Dame-de-Nazareth et ce qui s'y passait.

D'autres flics descendaient d'une 205 et Valentin suçait une dent creuse. Nous nous mîmes à marcher vers la gare de l'Est.

— Dépêche-toi, dis-je.

— De quoi ?

Le con jouait les étonnés.

— De me dire qui est en train de se balader sur les toits du 3e arrondissement avec deux cents poulets au cul. Si tu n'es pas monté voir ton pote Verlaz, c'est que tu sais qui est le mec.

— T'es malin, hein ?

— Dépêche-toi, Valentin.

— Le Belge, dit-il à contrecœur.

Ça ne me disait rien et ça me pompait. J'avais envie de prendre Valentin par les revers de son beau manteau et de lui taper la tête contre un mur quelconque.

— Quel Belge ?

— Nanar le Belge, c'est tout.

Valentin suait dans l'air froid de la nuit tombée.

— Il est dangereux, c'est un dingue.

— La suite, Valentin, ou je te fais sauter.

Tiens ? Valentin n'avait plus son beau sourire.

— Il a une planque en Seine-et-Marne, finit-il par lâcher. J'y suis allé une fois. Un bled qui s'appelle Everly, pas loin de Nangis.

— Et de Melun. Il rêve de maison centrale.

Nous étions là à la gare de l'Est et je venais de passer un des plus sales moments de ma vie. Et ça paraissait ne pas finir. Il pleuvait fort, maintenant, il était 7 heures et je voulais qu'un taxi m'emmène à Versailles où je prétendais dormir dans les bras de Danielle. Après un tournedos Rossini et une demi-bouteille de bordeaux. Je me sentais tournedos Rossini, en ce moment.

— Bernard comment ?

— Montheil, son nom.

— Vaut mieux pas que tu réapparaisses dans mon champ, Valentin. Tu ferais mieux d'envisager autre chose.

— Mais... tu leur veux quoi, à ces mecs ?

Le taxi roulait vers Versailles, une vieille CX conduite par une fille qui fumait des cigarettes l'une après l'autre et qui avait l'air de s'en foutre. Qui donc organisait une telle tuerie ? Et seulement pour protéger les petits jeux de gladiateurs ? Ou pour autre chose ? Il y avait du flic mouillé dans la combine, ça, je voyais, merci. Et pour le reste ? Tout ça me réveillait l'envie de mordre. Et Simon Verlaz, l'homme qui devait organiser les jolies petites rencontres où des types s'entre-tuaient, également secoué.

À se demander si ces fameuses rencontres existaient réellement. Bien sûr qu'elles existaient. Ou qu'elles avaient existé. Il y avait quelqu'un en train de se sentir grillé et qui avait décidé d'arrêter tout. Quelqu'un qui avait peur. Là-dedans, apparemment, la peur était le maître du jeu et tout le monde était pris dans cette chose visqueuse. Tout le monde avait peur. Univers collant de choses pas dites.

La fille qui fumait poussait sa CX à cent quarante sur l'autoroute et je me demandais comment étaient compatibles deux choses : que le commissaire divisionnaire Claude Tourouvre soit réputé avoir du fric de sa femme et que sa femme fût une petite Algérienne arrachée de la casbah. Y avait-il, dans la casbah d'Alger en 56-57, bien assez d'argent pour avoir un appartement au Chesnay, une propriété à Vétheuil ? Le commissaire Tourouvre ne disait pas tout. Ou alors il y avait une autre et inavouable source de fric. Je commençais à avoir envie de rencontrer Mme Leïla Tourouvre.

— J'ai peur, dit Danielle.

Après tout, ça n'en faisait jamais qu'une de plus. Je décidai de m'imbiber d'un nouveau bourbon. Elle parlait tellement bas qu'on l'entendait à peine. Elle disait qu'aujourd'hui elle avait tué quelqu'un, qu'elle ne me reprochait rien et qu'est-ce qu'elle allait faire avec ses parents ? Elle trouvait aussi qu'il y avait du danger partout. À un moment, je crus qu'elle allait pleurer, mais elle faisait un bel effort et nous évitait ça.

— C'est une histoire de fous.

— Non, dis-je, rassure-toi, c'est une histoire humaine.

— Ce n'est pas rassurant, si c'est le cas, dit la jeune personne avec la jolie tache de rousseur si émouvante sous le nez.

Je ne lui dis pas qu'en ce qui me concernait, j'avais conclu depuis belle lurette que la planète était devenue un asile d'aliénés. Très nietzschéen, ces jours-ci.

Après ça, nous bûmes modérément, je me débarrassai de vêtements collants, pris une douche, douche érotisée par l'apport substantiel du corps de Danielle qui n'aimait pas l'eau trop chaude.

Des idées de caresses à haut degré de technicité me venaient à l'esprit. Mais s'agit-il bien de l'esprit, en ces matières délicates et sensibles ? Quand j'arrêtai le jet, elle était haletante et disait :

— Je l'ai tuée, cette vieille. Mais pourquoi, pourquoi ?

Je ne lui dis pas que heureusement, oui, merci, elle avait eu le temps de le faire, autres visages et autres corps, je me demandais quel serait le parfum qui se marierait le mieux à l'odeur fine et soyeuse de sa peau, je décrochai le téléphone et commandai du champagne en me demandant vraiment ce qu'il y avait à fêter, ils avaient du Laurent-Perrier et je ne suis pas très amateur de champagne, vraiment.

Chez Sanguine, ce matin, ça ne répondait pas. Danielle avait les cheveux dans tous les sens, il faisait une tiède douceur, elle beurrait un croissant au beurre, soucieuse assurément de bien autre chose que de ces histoires de ligne.

Claude Tourouvre, par contre, répondit à la première sonnerie.

— Vos collègues l'ont eu, hier soir ?

— Qui ?

— Le type qui a descendu Simon Verlaz, bien entendu.

— Non. Il a réussi à filer par les toits, à ce que j'ai compris.

— Tant mieux. La saison du gibier commence et on pourrait essayer le faisan de cette auberge de Melun.

— Qu'est-ce que vous voulez aller foutre à Melun ?

— Me familiariser avec cette maison centrale dont je serai peut-être un jour le locataire. Ou bien vous, on ne sait jamais.

Il laissa un silence.

— La saison du gibier, dis-je encore avant de raccrocher.

Chez Sanguine, ça ne répondait toujours pas.

Il était presque 11 heures. Danielle me demanda si je voulais encore du café.

— Il y a quelqu'un qui fait tout ça, hein ?

Elle releva en arrière la masse des cheveux aux magnifiques couleurs cuivrées.

Elle me regardait.

Elle repoussa le plateau du petit-déjeuner et j'allumai une nouvelle cigarette de tabac américain. Des idées confuses me venaient, mais je devais rêver.

— Il faudrait que tu ailles à la fac et chez tes parents.

— J'peux pas aller avec toi à Melun ? S'il te plaît.

Et pourquoi Danielle voulait-elle m'accompagner ? Pour manger du faisan ?

— C'est dangereux.

— Ah bon ? Parce qu'hier, ça n'était pas dangereux ?

Que lui répondre ? Que ce n'étaient pas des choses à comparer ? Elle m'aurait évidemment prouvé que comparable, cela l'était entièrement.

— Viens à Melun, dis-je.

Après tout, n'était-ce pas moi qui l'avait fait venir dans ce troquet de la Bastille où elle avait pu assister grandeur nature à la façon de procéder des tueurs modernes ? L'éminent commissaire divisionnaire qui me cachait la source de ses richesses ne serait pas content de la voir.

Danielle s'arracha et fila dans la salle de bains.

Je bus une gorgée de café froid, le bruit de la douche, j'allai à son sac à main et me mis à fouiller tout ça en vitesse et avec le caractère expert que je me connais dans ces cas. Un sac de cuir fauve petit et bourré. Tout était conforme et je devenais inutilement soupçonneux.

Tout conforme, la maîtrise de physique comprise. Le bruit de la douche continuait, je feuilletai en vitesse l'agenda et à W, il y avait K. Warrenfield, quai Voltaire, et un numéro de téléphone.

K comme Karen ? Warrenfield fait très australien et la petite nana pour laquelle Ahmed avait fait le fou s'appelait Karen et avait un appartement quai Voltaire. Que fallait-il penser ?

La douche s'arrêta. Danielle m'était tombée dessus comme ça, un beau soir, en admiration devant ma voiture ? Je replaçai le sac de cuir en me racontant des choses sur les coïncidences, le café froid, et m'attaquai au *Figaro*.

— Tu veux bien que je vienne, alors ?

Comment était-elle mouillée dans cette combine ? Je tournais à la paranoïa, mais il allait falloir que la petite Danielle s'explique.

— Très bien. Parle-moi de Karen Warrenfield, fis-je posément.

Elle me regarda d'un œil dont je fus tout de suite certain qu'il était innocent, on ne peut pas feindre l'étonnement à ce point, c'est impossible.

— Tu la connais ? Qu'est-ce qui te prend ?

Nom de Dieu ! Et il était certain qu'elle ne mentait pas, que ma question était pour elle complètement saugrenue.

— Je ne la connais pas, mais il y a des gens qui la connaissent. Y a même des gens qui, du fait de la connaître, en meurent. On meurt beaucoup, ces temps-ci, autour de Mlle Karen Warrenfield.

La chute de mon mégot dans le fond de café froid produisit un bruit répugnant et j'allumai une nouvelle cigarette en regrettant d'avoir mis mon mégot dans la jolie tasse. Danielle se remettait, me regardait comme si je descendais d'une planète tout à fait inattendue des astronomes.

— Tu vas, dis-je, dans la voiture et pendant que nous allons à Melun, tout me raconter sur Karen Warrenfield. Ce sera le mieux.

9

J'étais content de conduire la Jaguar, je pressentais un univers de mensonges en train de se refermer sur nous. À mon avis, j'étais l'outsider pas prévu au programme des liquidations. J'avais, bien entendu, absolument tort d'emmener Danielle dans cette expédition briarde, et Sanguine ne répondait toujours pas.

— Je connais Karen comme ça, sans plus, dit Danielle en train de faire une jolie grimace.

Sur l'autoroute le ciel était d'un bleu d'automne, la circulation légère, Danielle abaissa la vitre de la portière.

— Non, rien, je l'ai rencontrée à une soirée chez des copains, on a bavardé. Je suis allée une fois chez elle ; elle a un appart dément quai Voltaire et je crois qu'elle fait une thèse de socio.

— Y avait pas un maître assistant de sociologie qui traînait dans le secteur ?

— Pffouhh, y avait plein de monde et presque rien que des intellectuels. Tu ne veux pas me dire pourquoi tu me demandes ça ?

— Parce qu'il y a une Karen Warrenfield qui est mêlée à cette histoire. Et il me surprendrait qu'il y ait deux Karen

Warrenfield habitant à la même adresse, quai Voltaire, vois-tu.

Elle voyait, je fis rétrograder la boîte automatique de la Jaguar, les six cylindres firent ce qu'ils avaient à faire et je doublai une file d'abrutis.

— Au fait, comment sais-tu que je connais Karen ?

— Parce que j'ai fouillé dans ton sac, bien entendu.

Elle me regarda, faillit dire quelque chose, se ravisa, dit quand même :

— À qui fais-tu confiance ?

— À personne.

Peut-être eus-je un sourire, je lui posai la main sur le blue-jean.

— À toi, maintenant.

— Tu croyais que j'avais à voir là-dedans ? Quel aurait été mon rôle ?

— C'est ce que je me demandais, figure-toi.

Elle remonta la vitre, mit un peu d'ordre dans ses cheveux et une cassette de Renaud à Bobino. Je n'aime pas tout de Renaud, mais cette chanson-là, sur les mecs qui crèvent au bord des trottoirs après un braquage raté, je ne sais pas pourquoi, ça ressemble à quelque chose.

Nous avions mangé des soles farcies, Danielle avait exposé qu'en dehors du meursault elle ne courait pas après le vin blanc, vive donc le meursault avec les soles prodigieuses, et j'avais mis un Léoville Las Cases assez jeune avec le faisan. Il était 3 heures moins vingt et le commissaire divisionnaire Claude Tourouvre persistait à briller par son absence. Sanguine aussi brillait par son absence au téléphone, et au domicile du flic ça ne répondait pas non plus. Ça commençait à puer prodigieusement. Il me vint à l'idée de téléphoner chez moi, à Pontchartrain, dans cette maison que je comptais retrouver le soir même, tout danger immédiat étant écarté.

Oui. Bien entendu. À la sixième sonnerie, on décrocha, quelqu'un dit « Allô », quelqu'un d'autre dit « Imbécile », ça raccrocha, mais j'étais fixé. On m'attendait et j'aurais dû très évidemment descendre Valentin. Ou la vieille clodaque qui aimait les beaux meubles. Entre le moment où j'avais été obligé de la laisser partir et le moment où Danielle l'avait abattue, elle avait téléphoné à vingt-trois mille personnes qui avaient envie de ma peau. Ou encore c'étaient les flics. Marge de manœuvre en train de se réduire très considérablement.

Qu'était-ce donc que cette mélasse où ça partait de tous les côtés ? De chasseur, je commençais à me transformer doucement en gibier. En faisan rôti dans une assiette. Prodigieux, ce faisan.

Valentin m'avait trahi, Judith Desarnauds mentait, Karen Warrenfield était mouillée sans que je sache comment, Vuidos, je voyais comment, le commissaire divisionnaire Claude Tourouvre était bien trop riche, quelqu'un du service du personnel des Renseignements généraux fournissait à qui voulait la photographie des cibles, quelqu'un – quelqu'un d'autre ? – déclarait faillite dans une ignoble combine de paris et décidait de procéder au grand nettoyage. Voilà le bilan. Qu'avaient-ils donc tous à cacher ? Et chacun devait avoir *son* truc à cacher. Ça ne devait pas avoir d'unité, Claude Tourouvre devait recevoir des pots-de-vin en même temps qu'on le faisait chanter et n'avait pas envie de me raconter ça ; Vuidos devait appartenir à un réseau de prostitution homosexuelle ; le type du personnel des RG devait gagner sa vie en donnant des photos de flics bons à régler ; le tout à l'avenant. Ah, Karen Warrenfield ne devait pas trouver que son papa diplomate australien lui donnait assez de fric et foutait des beaux mecs amoureux dans d'incroyables combines. Quoi encore ? Ça devait être à peu près tout. Je n'avais pas mis mon nez trop curieux dans *une* histoire, mais dans cinq ou six aux liens entre elles très mous.

Quinze heures dix, un armagnac. Le commissaire Claude Tourouvre répondit au téléphone.

— Finalement, dit-il d'un ton guilleret, je ne vois pas pourquoi je serais allé déjeuner avec vous.

L'ordure. Mais c'était bien fait pour ma gueule. Il me semblait que cette grenade n'allait pas tarder à trouver sa destinée, elle qui cherchait depuis si longtemps.

— C'est vous qui avez mis des officiers de police à m'attendre à Pontchartrain ?

— Non, dit-il.

Il avait l'air hilare.

— Non, mais vous vous êtes fait bien assez d'ennemis comme ça. Trop fouille-merde, dit-on.

— Je fouille la merde dans laquelle tu es, Tourouvre.

— Tu vois, dit-il, j'ai décidé de ne pas te faire aux pattes dans ce restaurant de Melun.

C'était sûrement un type à faire des cadeaux. Il valait mieux que je ne me retrouve pas à raconter à des poulets ce que je savais de Claude Tourouvre, c'était ça qui le gênait. Encore un qui ne regretterait pas ma disparition.

— Le mieux, pour toi, c'est que tu disparaisses dans un coin où personne n'ira te chercher.

Il avait un ton doucereux et grotesque, j'avais envie de jouer les imbéciles.

— J'sais pas où aller, dis-je sur un ton déprimé.

Il rit. J'avais voulu donner un coup de main au flic qui s'appelait Étienne Pezetta, et le mieux qu'il avait essayé était de me cravater ; j'avais essayé de donner un coup de main au flic qui s'appelait Claude Tourouvre, et le mieux qu'il pouvait faire était de me voir pourrir et me faire détruire par ceux-là même qui le faisaient chanter. Esthétique, non ? Je me décidai pour une voix larmoyante, fis semblant d'essayer encore :

— Mais je t'ai donné un coup de main.

— Eh ben, t'as eu tort.

Donc les condés sont aussi infâmes que les truands. Je l'avais toujours su et c'était une agréable confirmation. Je savais que pour la première fois de ma vie, j'allais régler un poulet.

Il dit encore :

— T'aurais pas dû mettre cette pouffiasse noire aux pinces de ma fille.

Et puis il raccrocha.

Sanguine.

Le vrai visage des gens : quel joli comédien, le commissaire divisionnaire. À un moment, sans doute, avait-il été sincère, mais ça n'avait pas duré longtemps. Il s'était repris, ou bien *on* l'avait repris en main. Du reste, c'était du pareil au même. Il me venait des idées que la morale traditionnelle réprouve hautement.

Il n'y avait pas de doute : j'en étais au moment du repli stratégique. Et je ne pouvais pas laisser Danielle. Bien trop mouillée. La vieille clodaque avait certainement parlé d'elle, le super-flic la connaissait et la petite saloperie de Karen aussi.

Quand je revins dans la salle, Danielle fumait. Il allait falloir qu'elle soit sensationnelle et elle le serait.

Il était plus que temps de retourner vers les montagnes que jamais je n'aurais dû quitter. Je me demandais ce que diraient Sylvain et Bénédicte, mais après tout, c'était bien ma maison qu'ils occupaient depuis quatre ans. La question était maintenant de savoir si on allait y arriver facilement. Il allait sûrement falloir finasser.

— Ça va ? demanda Danielle.

Pour aller, ça allait. Super, comme on dit aujourd'hui. Vraiment super. Et je mettrais la main sur le type qui organisait des paris clandestins en faisant se battre des petits jeunes gens et qui pouvait sans grand risque se faire entre-supprimer à peu près tout le monde avec la bénédiction de tout le monde. Il commettait une seule erreur : il ne convient pas de me pousser aux extrêmes, ça produit dans ma tête des effets néfastes. On allait commencer par Bernard Montheil, dit Bernard le Belge. Peut-être qu'il était belge, après tout ?

— Tu ne veux pas me dire ?

Je regardai en face les jolis yeux, eus envie de faire un sourire à toute cette douceur, je sentais en elle qu'elle était parfaitement capable d'être très dure. Elle dit :

— J'ai décidé qu'avec toi, je voulais être comme une pute. Tu fais de moi ce que tu veux.

Je ne savais pas si j'avais envie d'entendre ça.

— Viens, dis-je, nous allons voir un monsieur, et ensuite la fête devrait commencer. Explique à tes parents que tu pars de façon impromptue travailler à la campagne ton mémoire.

— Ce sera léger.

— Ce sera comme ça, Danielle. Ça ou notre peau.

— C'est à ce point-là ?

— À ce point-là, confirmai-je.

Elle fit une mimique de la bouche, sa langue balaya la lèvre supérieure et elle plissa le nez. Elle devait certainement croire qu'on partait en vacances.

— Il était bon, le faisan. Avec mon père, avant, on chassait tout le temps. J'aimais bien.

Elle dit encore qu'elle n'avait pas peur et demanda où était le téléphone. Elle voulait aussi un autre café. Je commandai deux autres cafés, un nouvel armagnac et l'addition, rêvant et calculant. Claude Tourouvre n'aurait pas dit à ses collègues où j'étais, sûrement non, mais à Le Villain ou à Vuidos, sûrement oui. Il aurait parlé aussi de la Jaguar.

Ça ferait du monde quand on sortirait, peut-être. Danielle revint du téléphone, s'assit, but son café. Elle était une petite fille exceptionnelle et incroyablement calme.

— J'ai eu mon père. Il dit que je suis folle.

Je fis oui de la tête, je comprenais assez le papa. Est-ce que je lui ramènerais sa fille entière ? Qui est-ce qui allait rester entier ?

J'allai aux toilettes, passai le Ruger dans la poche de mon manteau, mon pouce releva le chien, je sentis le barillet qui venait présenter une chambre joyeusement pleine de sa Norma expansive à 236 grains, plaisante munition à pointe creuse. Ça peut faire des dégâts, je ne me sentais vraiment pas d'humeur conciliante. Nous fûmes à la Jaguar sans qu'il se passe rien, je ne me trompai qu'une fois, nous fûmes boulevard Gambetta, il y eut encore une place où j'hésitai un instant, la Jaguar roula vers Nangis sur une route déserte, personne au cul.

Ça me paraissait être une voiture qui serait bientôt célèbre, mais pour le moment, aucun oiseau de mauvais augure ne nous collait au cul. Je prétendais grenader les oiseaux de mauvais augure.

Dans le petit village où créchait Bernard Montheil, dit le Belge, je demandai, dans une boucherie, quelle maison il occupait et une dame aimable me dit avec un certain mépris que c'était cette maison aux volets rouillés sur la place.

Il y avait une maison aux volets rouillés sur cette place herbue, au-delà, un mur et ensuite, plate, la campagne de la Brie, blanchâtre et brune. Le tout désert. Un peu de crachin grisâtre pour faire le compte, fini le ciel bleu d'automne.

Danielle accepta de rester dans la Jaguar, je lui confiai le Bodyguard trouvé chez la vieille clodaque et elle paraissait s'amuser. Elle allait être sensationnelle.

Parlons donc, maintenant, à M. Montheil qui a détruit M. Verlaz et qui a fait de l'équilibre sur les toits du 3e arrondissement de Paris, cas classique. Il n'y avait pas bien le choix, j'allai à la porte et sonnai. Il ne se passa rien, bon, allumons une cigarette.

Je sonnai encore, rien ne se passa de mieux. Je fis un petit signe à Danielle et une splendide Maserati biturbo vint se garer sur la place déserte du petit village. Vraiment peu discret, le camarade belge. C'était un type qui avait 35 ans, des yeux bleus très durs et une démarche d'ours. De le voir descendre de la très racée voiture italienne était déprimant.

— Bernard ? je dis.

Il m'observa, observa la Jaguar, haussa les épaules.

— Casse-toi, dit-il.

— Mes félicitations pour t'être arraché hier. Ça a dû être coton.

Il jeta un coup d'œil à Danielle. Je me demandais ce que les habitants du pays pensaient de sa magnifique Maserati. Ils avaient peut-être l'habitude de voir ça depuis longtemps, n'y prenaient plus garde. Il y eut une grande clameur, parce que c'était l'heure de la récréation de l'autre côté de la place.

— Je vois.

Il mit un temps, fit :

— Entrez, je vais ranger la bagnole, sinon les gamins font des conneries autour quand c'est l'heure de la sortie et qu'ils attendent le car de ramassage. J'aimerais bien avoir des chiards.

Il remonta dans sa mirifique automobile, je fis signe à Danielle et le type qui aimerait « avoir des chiards » fit avancer la voiture vers un portail dans le mur latéral de la maison, ouvrit le portail, remonta dans sa Maserati superbe.

Danielle passa et je l'aidai à refermer le portail.

Il y avait un grand jardin à peu près entièrement retourné à l'état sauvage.

— En été et aussi au printemps, c'est plus chouette. Surtout à cause des pivoines.

Cette façade était peut-être moins sinistre que l'autre.

— Je vous préviens que c'est assez dégueulasse. J'ose même pas y amener des poules. La Maserati les fait bander, mais paraît qu'après, c'est moins bandant.

Son romantisme de merde commençait à me taper, mais je ne dis rien. Il faisait un froid mortel, là-dedans. Froid et humide.

— Vous voulez que j'allume un feu ?

Il y avait une grande table recouverte d'une nappe blanche avec des taches, une cheminée pleine de cendres, des bougeoirs rococo du pire goût, un lit au matelas nu avec une couverture bleue déchirée, des morceaux de cagettes à légumes un peu partout. Le papier, qui avait dû être assez horrible quand on l'avait posé cinquante ans plus tôt, était devenu anodin et se décollait par grands morceaux. Donc c'était la tanière du Belge.

— Vous voulez un coup de raide ?

Il alla à un buffet qui avait dû être superbe, sortit une bouteille d'alcool blanc et trois petits verres très jolis. Il eut un geste large et vague.

— Tout ça, c'était à mes vieux. Vous voulez quoi ?

Il disait ça en nous couvrant avec ce Weihrauch Arminius HW.38 à bande ventilée qui devait se trouver à côté des petits verres très jolis.

— Calme, Bernard, dis-je. Il va rien se passer du tout.

— Vous voulez quoi ?

— Savoir qui t'a commandité pour le contrat sur Verlaz.

Il eut l'air hésitant. Un petit peu, un petit peu seulement.

— Vous êtes qui, là-dedans ? Et comment tu sais que c'est moi ?

— Valentin, dis-je.

— Tu fréquentes cette ordure ?

— On est d'accord, le Belge, dis-je. Et on a tout ce beau monde au cul.

— J'sais pas pourquoi, je vous crois. Quand on fréquente Valentin, on est vite dans la merde, y a pas de doute.

Il posa le Weihrauch sur le coin de la table recouverte de sa nappe crasseuse, fit :

— C'est de la mirabelle qu'a au moins dix ans.

Jamais vu un type autant s'en foutre avec une telle démarche d'ours. Un vrai plantigrade roulant Maserati.

— De toute façon, je suis foutu : j'ai un cancer. J'en ai pour trois mois à tout chier, ils disent, les toubibs.

Évidemment. Ça expliquait son calme.

Il sacqua son petit verre de mirabelle, Danielle trempa ses lèvres, fit la grimace. La mirabelle était délicieuse.

— Je vous vois pas beaux d'avoir ces chiens au cul.

Il mit un temps, dit :

— On s'est déjà rencontrés, hein ?

Ça y était. Décidément, c'était l'année des anciens souvenirs. À l'époque, il s'appelait Bernard Laguarrigue et jouait beaucoup au poker dans des clandés de Menton.

— Oui. Menton, 70-72.

— Ouais, c'est ça. Tu perdais tout le temps.

Il se marrait.

— J'ai abandonné le poker.

— Et toi, tu n'as jamais été belge.

— Y a que des enculés comme Valentin pour le croire.

Eh bien, il y en avait au moins un de baptisé.

Il força Danielle à se renvoyer un plein verre de mirabelle, se servit un coup, siffla, recommença, commenta qu'il n'aurait pas le temps de mourir d'une cirrhose, envoya péter le verre dans un coin de la pièce. Et dit :

— Merde, j'aurais pas dû. Ma vioque, elle les aimait, ceux-là.

Il mit un temps, dit quelque chose qui ressemblait à « Je fais du feu », se dirigea vers la cheminée.

— C'est une pédale qui s'appelle Vuidos. On m'a drivé d'ssus dans un rade. J'ai dit oui, *jawohl* et tout, dix bâtons et un aut' cave était là.

— C'est sûrement ça, Bernard.

— C'te couille, j'sais pas comment j'ai fait pour m'arracher. Y avait une poule en face de la tôle à Verlaz qui s'est jetée sur son biniou, y a pas.

Ce n'étaient pas des explications de la plus grande clarté, mais pour le gros, je voyais. Danielle le regardait avec un air de compassion.

Le bruit des enfants dans la cour de récréation cessa et sur la place, il y eut une portière qui claqua. Puis un léger juron dans le silence revenu du village.

Les volets rouillés des fenêtres donnant sur la place étaient fermés, mais il n'y avait rien de difficile à comprendre.

— Les enculés, ils vont faire ça en plein jour, calmos. (Il se sondait les méninges :) C'est vous ou moi qu'ils veulent ? (Bruit de gorge et conclusion :) Ça doit bien être les deux. Enculés.

Ça tournait à la manie. Qui n'était pas sodomisé, si on le suivait ?

— Ils devaient bien imaginer qu'on allait te rendre visite.

— C't'enculé de Valentin.

Encore ?

— Au premier, les volets sont ouverts, on va savoir combien d'enculés ils sont, les enculés.

Si, si, encore.

Nous fûmes au premier. Danielle suivait sans rien dire, incroyablement calme. Ils étaient deux, l'un d'eux était Valentin avec son sourire.

— Il est bien là, l'enculé.

Après tout, en cherchant un peu, il aurait peut-être pu trouver autre chose.

— Il y en a sûrement par-derrière, proposai-je.

— J'espère qu'ils vont se râper les couilles dans les orties. C'est ma culture principale.

Il avait son Arminius à bout de bras et je me demandais à quel moment je balancerais cette grenade. Belle chose qui alourdissait mon manteau.

— Tu vas faire quoi ? demanda Danielle.

— Enculés, dit Bernard le Belge qui paraissait avoir oublié son cancer.

— On va les laisser entrer, dis-je. Ça va être un plaisir.

— Enculés.

Bernard le Belge avait restreint au minimum son vocabulaire, semblait-il. Pause dramatique. Il vint à l'esprit de Danielle de relever le chien du Bodyguard et sa main tremblait à peine.

— Tu ne prends pas d'initiatives, dis-je.

Ils eurent le culot de sonner. Je changeai donc d'avis, fus à la fenêtre au-dessus de la porte d'entrée, ouvris ladite fenêtre qui résista un peu, me penchai, dis « C'est pourquoi ? », dégoupillai, comptai trois secondes et laissai chuter. Ils se méfiaient, à l'instant, donc songez. Ils se méfiaient un peu tard. La grenade quadrillée modèle 37 réalisa son destin de grenade à quatre-vingts centimètres du sol. J'imaginais cela. Parce que je me gardai bien de regarder ce qui se passait. Ça fit beaucoup de bruit et de lumière. Est-ce que la Jaguar allait morfler ? Trop proche, je le craignais. Mais comment faire autrement ?

Je jetai quand même un coup d'œil sur la place. Joli cratère, Valentin avait dû perdre bien des choses, surtout son sourire et son goût pour la trahison. Avait aussi commis l'erreur de revenir dans mon champ. Ça faisait un beau mélange de la belle terre de Brie et de chairs de diverses sortes. Punaises écrabouillées toutes les deux.

— Eh ben, tu mégotes pas, dit Bernard.

Tiens ? Il ne disait plus « enculés ».

— Enculés.

Ah, si ! Ceux de derrière, maintenant, la Jaguar foutue. Filer à l'autre fenêtre. Celle donnant sur le jardin et la Maserati noire. Ils étaient également deux, avaient dû entendre quelque chose, peut-être, non ? Il fallait qu'on soit très loin dans quatre minutes, ça devait téléphoner sérieusement dans le petit village. Danielle, à la fenêtre côté place, dit :

— Il y a des gens qui arrivent.

Ça allait mal. Mais je ne voyais pas comment j'aurais pu faire plus discret. Le Belge tira avec son Arminius trois coups et les deux mecs qui traînaient dans le jardin se jetèrent à terre.

— Merde !

Ah ! il ajoutait finalement un nouveau mot à son répertoire. On progressait à vue d'œil. Les deux mecs devaient penser. À un certain bruit venu de l'autre côté de la maison, peut-être ?

Ils se mirent à cavaler en sens inverse, abandonnaient, apparemment. Le Ruger fut pointé par ma main gantée en direction d'un dos dans un manteau noir, la première expansive passa trop haut, je vis comment un cerisier la recevait, la deuxième poussa dans la mort le dos noir.

Restait le dernier, il passait déjà le mur, sautait. Fini.
— Enculés. Il faut calter, dit Bernard.
— Ma voiture est foutue.
C'était désolant.
— On prend la mienne.

10

Il y avait un peu de sueur au-dessus de la bouche de Danielle et les cheveux fauves étaient en bataille. Elle avait peur et maîtrisait sa peur. Bernard le Belge dégringolait déjà les escaliers, filait sur son manteau, prenait des choses, réapparaissait, ouvrait furieusement le portail.

Je lui criai « Attention ! », mais il ne m'entendit pas, manœuvrant la Maserati dans un beau hurlement poli de moteur puissant.

Je me méfiais du type restant. Bernard le Belge ressortit comme un fou, la voiture déjà à moitié sur la route. Pourquoi donc ressortait-il ?

Je gueulai de nouveau, il me regarda, retourna au volant, à découvert sur la route.

À ne pas faire. Le quatrième n'avait plus beaucoup de solutions pour s'arracher, il devait vouloir une voiture et il ne devait pas vouloir affronter les populations locales, civiles et civilisées. Sa balle traversa la gorge de Bernard le Belge qui lui tournait le dos. Le Belge alla donc se claquer sur le goudron, avant même que j'aie pu faire quoi que ce soit. Danielle ouvrit la bouche toute grande, je me dis qu'elle allait crier bien du désespoir devant le monde.

Je n'avais pas envie de rencontrer ce type qui me semblait tirer bien trop précisément. Nous fûmes dans la Maserati superbe et noire. Je tournai à gauche, du monde arrivait en hurlant, maintenant, se terrorisait sur les deux corps mélangés au sol de Brie par ma grenade, se disait des choses touchant la Jaguar à la calandre pulvérisée et la Golf GTI de Valentin criblée d'éclats.

Je fonçai à travers cette foule, tournai follement à gauche, me mis à rouler sur la route vers Provins. Je pouvais essayer d'arriver à Troyes avant que les flics ne soient devenus fous. La mirabelle du pauvre Bernard m'avait complètement asséché la gorge et Danielle s'était mise à trembler de tout son corps.

Réaction.

Je pensais au type qui disait tout le temps « enculé », qui n'avait plus à vivre que trois mois et qui m'avait bien plu. J'aurais aimé l'avoir avec moi, celui-là.

Sacrément difficile de rejoindre Clermont-l'Hérault, maintenant. Danielle claquait des dents, prenait de fortes inspirations, reclaquait des dents.

On s'était arrachés, donc. Je roulais à cent soixante, par moments cent soixante-dix sur la route mouillée. J'aurais aimé garder cette belle Maserati, ça m'aurait compensé de la perte de la Jaguar et du jeu d'identité qui allait avec. Mais pas question, bien entendu.

Je passai Nogent, roulai à quatre-vingts derrière un poids lourd sur la déviation, les cheminées de la centrale atomique surplombaient le paysage à gauche comme une obscène excroissance.

Je me calmai un peu, roulai modérément direction Troyes.

— On va où ? demanda Danielle qui n'avait pas encore dit un mot.

— Loin. Dans un endroit où on sera tranquilles et où on avisera.

Je me mis à jouer de la batterie sur le volant de la Maserati, bien décidé à ne pas écouter les informations.

— Tu crois qu'on peut rouler longtemps avec cette voiture ? demanda Danielle, plus technique d'heure en heure.

— Non.

Bouche sèche et dernière cigarette du paquet.

— Tu en veux ?

— Non, non. Mais boire, oui.

Troyes, 18 h 30, jour rapetissant. Voler une voiture et profiter de la nuit pour rouler. Plus facile à dire qu'à faire.

Plutôt faire les petits bleds pour piquer une bagnole ? Des patelins où les gens ne ferment pas leur voiture. Je m'étais déjà trouvé dans des situations délicates, mais là, c'était le fin du fin.

Ou alors le train ? Vraiment, ça n'allait pas être facile.

Je laissai la Maserati dans une rue de Troyes, il pleuvait maintenant à seaux. Danielle, dans ce café à côté de la gare, but deux panachés de rang et j'achetai quatre paquets de cigarettes.

Ou encore demander à Sylvain de venir nous chercher ? Trop lent et trop dangereux. Je commandai un autre demi, fumai voracement une autre cigarette. Il y avait trois chauffeurs de taxi qui se racontaient des conneries, installés à cette terrasse devant la gare.

— On va à Saint-Parres-lès-Vaudes, dis-je.

C'était un petit maigre qui fit un signe de la main très averti.

— On y va, dit-il, joyeux.

Il serait sans doute moins joyeux, tout à l'heure.

Le crétin montrait sa Volvo 240 diesel. Danielle termina son panaché. Nous montâmes à l'arrière de la Volvo, le petit maigre démarra, contourna la place, eut le feu vert. Danielle alluma une cigarette.

— Ah non ! Fumez pas, hein ?

J'allumai une cigarette de mon côté.

— On va plus loin que Saint-Parres, dis-je aimablement.

— Où ça ? Ah bon ? Oh moi...

Pauvre crétin.

— Bar-sur-Seine, dis-je.

— Eh, ça fait loin, ça.

— Hm...

Pauvre malheureux. Il aurait des choses à raconter à ses copains.

— J'peux pas aller si loin, moi. Pourquoi vous me dites Saint-Parres alors que vous allez ailleurs ?

Encore un bavard, Seigneur.

— On a changé d'avis.

— Ça se peut, mais moi, j'vais pas jusque-là. Et j'vous ai dit de ne point fumer.

Je lui montrai le Ruger, il dit :

— Oh ! Nom de Dieu !

— Ça va se passer très bien, dis-je. Je crois seulement que tu vas dormir un peu au frais. On a besoin d'une voiture.

— Vous voulez le fric, hein ? Et vous allez me flinguer ?

Pour qui nous prenait-il ?

— Conduis judicieusement, fis-je. Il ne faudrait pas qu'un accident advienne.

— Oh là là ! Et vous pouvez fumer, hein ? C'est pas le problème.

— Non, dis-je, en effet ce n'est pas le problème. Tu t'appelles comment ?

— Moi ? Mais, euh, pourquoi vous me demandez ça ?

— Pour que ce soit plus intime.

— J'veux bien aller à Bar, hein ! Vous allez me faire mal ?
— Non.
— Moi, c'est Joseph, hein ! Mais on dit P'tit Jo, hein !
La Volvo roulait à cent sur la nationale vers Bar.
— Ralentis, dis-je.
— Hein ?
— Ralentis, P'tit Jo. On ne va pas tarder à s'arrêter.
— Comme vous voulez, hein ! Comme vous voulez.
J'avais envie de me reposer, les mains de Danielle étaient glacées. Je me reposerais quand on serait arrivés et les mains de Danielle, sans doute, seraient plus chaudes.
C'était bien pour P'tit Jo, il ne pleuvait plus. Un chemin à droite, juste derrière le cul d'un 35 tonnes dans la nuit au milieu d'autres 35 tonnes et des lumières de phares dans tous les sens.
P'tit Jo prit le chemin, et dit :
— Ça mène nulle part.
— Heureusement.
— Vous allez me laisser là, hein ?
— Tu as tout compris.
— V'z'allez m'attacher ?
— Oui.
— Vous ne pouvez pas faire ça. Mademoiselle...
Il ne semblait pas que Danielle dût être très sensible à la pitié, ces temps-ci.
— Mademoiselle... euh... il y a une couverture dans le coffre. Vous voudrez bien que je la prenne ? Hein ?
— Bien sûr, dit Danielle.
P'tit Jo, donc, aurait sa couverture.
— Ce ne sera pas une nuit désagréable, il ne pleut pas.
— Mais ça va être mouillé, par terre.
— Les risques du métier, dis-je.
Nous laissâmes P'tit Jo attaché, enroulé dans une couver-

ture crasseuse (« C'est celle que je prends quand je travaille sous la bagnole. ») et nous nous mîmes à rouler.

— Ça se passe toujours très vite, dis-je.

— J'avais compris.

Et elle se mit à somnoler. C'était encore le mieux.

— Tu as peur, n'est-ce pas, Danielle ?

— Non. Je ne sais pas pourquoi, mais non.

Elle laissa un temps.

— Tout à l'heure, oui. Mais maintenant, non.

Je vis son sourire à la lumière du tableau de bord. Je doublai un camion belge.

Bar-sur-Seine. On aurait pu dîner. Et il semblerait que Louis XVI se soit fait poisser parce qu'il faisait un dîner interminable.

C'était une voiture possible jusqu'à Dijon. À Dijon, il faudrait envisager des choses. À Dijon, il y avait Perez.

La place Darcy à Dijon, 21 heures. Nous avions parqué la Volvo jaune 240 de P'tit Jo un peu à l'écart et nous nous étions installés au *Glacier*, fauteuils bas et confortables, musique discrète et assez de bourbon pour se remettre. J'en bus un peu, soufflai, regardai Danielle qui me fit un pauvre sourire, affermit son sourire. J'allumai une cigarette délicieuse et allai téléphoner.

— Bonsoir, dis-je. Tu vois qui c'est ?

Perez toussa.

— De Dieu. Le revenant. T'es où ?

— Au *Glacier*.

— C'est vrai ? T'es ici ? Qu'est-ce que t'attends, au juste ?

— Que tu viennes nous chercher. Ce n'est pas une visite désintéressée, Sam.

Il aimait qu'on l'appelle Sam, ça lui donnait un petit côté américain qui lui plaisait beaucoup.

— Tu me raconteras.

Il avait l'air gourmand.

— Dans vingt minutes, dit Sam Perez.

— On sera sur le trottoir.

— *Yes*, dit Sam Perez.

À mon avis, les Américains disent plutôt *OK*, ou *sure*, ou *right*, *brother*, mais Sam avait l'air d'avoir envie de son *yes*.

Danielle buvait un Americano compliqué et elle me demanda si c'était toujours comme ça.

Elle ne dit plus rien, ne demandant pas qui était Sam, etc. Un bon point pour elle. Il ne pleuvait plus quand nous sortîmes sur la place. Un autobus démarra en chuintant et la Golf de Sam eut l'air contente de se débarrasser un instant des cent trente kilos de son propriétaire. C'était en somme une automobile qui respirait.

— Je crois bien que je vomis tout ce que nous faisons, eut le temps de dire Danielle.

Propos glaçants. Mais je la comprenais assez et n'avais pas envie de la raisonner, de dire qu'il y avait lieu peut-être de vomir bien d'autres choses. Je me trouvais dans un état de dureté distante que je n'aime pas tellement avoir.

— Tout à l'heure, dans le bled, il y a encore eu trois morts.

Je ne lui dis pas que j'avais remarqué que j'en comptais plutôt quatre, mais peut-être Bernard le Belge vivait-il encore dans sa tête ?

Je ne dis pas non plus qu'on aurait fait, elle un très beau cinquième et moi un très beau sixième.

Sam fit un signe de la main lourd comme son corps, demanda qu'on le présente.

— Roule, dis-je.

Ma dureté distante commençait à produire des effets.

— Ça chie ? demanda Sam.

— C'est ça. Roule.

— On roule. Voilà. Il suffit de demander.

Sam veut toujours que tout le monde soit à l'aise. Il allait sûrement m'expliquer qu'il fallait rester *cool.*

La Golf sans amortisseurs avec des vieux numéros de *Libé* partout et une horrible odeur de tabac froid alla vers la gare, passa sous les voies direction Lyon.

— Il vous a embarquée dans une histoire de cons, hein ? demanda Sam, hilare, à Danielle à côté de lui.

— Je crois que je n'ai rien fait pour aller contre, répliqua Danielle.

— Ah ! alors...

La Golf passa des feux, le canal, se mit à rouler vers Marsannay, tourna à droite, rejoignit la route des vins. Sam a hérité de sa mère quelques hectares des vins les plus célèbres du monde. Il pourrait vivre largement de ses rentes, mais sa folie du jeu où il perd régulièrement l'a amené à avoir quelques autres activités rémunératrices.

— Et la récolte ? demandai-je, pour dire quelque chose.

— Aussi bien que l'an dernier, avec la grêle en moins.

Nous fûmes à Gevrey. Sam ralentit pour tourner à droite, stoppa devant un portail. La pluie, de nouveau.

— Il a l'air gentil, dit Danielle.

— Bien sûr, dis-je.

Le tout étant évidemment de préciser avec qui : Sam a la gentillesse sélective. Un énorme briard – décidément, c'était le jour – parut dans la lumière des phares.

— Raconte, dit Sam en posant une bouteille de marc égrappé sur la table rutilante.

Danielle avait les yeux qui se fermaient. Peut-être l'Auxey-Duresse de Sam y était-il pour quelque chose, par-dessus certains événements un peu prenants pour les nerfs en cette belle journée ? Belle journée ?

— Vous voulez que je vous montre votre chambre ?

— Je veux bien, dit Danielle.

— Allons-y, la p'tite.

Je ne savais pas si Danielle aimait qu'on l'appelât « la p'tite », mais elle devait être beaucoup trop crevée pour faire des observations sur ce point. Elle me fit un petit signe de la main et suivit Sam dans les couloirs froids et blancs de la grande maison. J'observai le feu, attirai la bouteille de marc, en versai de quoi tuer un bœuf. Après ça, je me mis à penser en termes d'organisation du bordel en me disant que pour l'instant, j'étais surtout en train de fuir.

Confirmation, une nouvelle fois, que l'air de la capitale ne m'a jamais réussi. Contrairement à ce qu'on croit, il est bien plus facile de disparaître dans l'épaisseur de la France profonde que dans les rues de Paris.

— Voilà, elle est pieutée, dit Sam. Qu'est-ce que tu lui as fait faire ?

Je lui donnai les éléments que je ressassais dans mon crâne depuis trois jours.

— Quel foutoir ! conclut Sam. Et qui as-tu au cul, finalement ?

— Sais pas. Un peu tous. Pour l'instant, j'en suis à la retraite stratégique, mais je sais maintenant trop de choses diverses pour qu'ils me laissent en paix.

— Il est con, le Toulousain, dit encore Sam en parlant de Valentin.

— Il est réglé.

— Tu vas faire quoi ?

Je ne voulais donner qu'une partie de mes plans à Sam ; si je lui avais expliqué ce que j'allais faire, il m'aurait pris pour une sorte définitive de cinglé.

Je me servis de quoi tuer un deuxième bœuf. Je comptais m'attaquer au troupeau entier.

— Y en a d'autres, dit Sam qui me paraissait, sur ce point, suivre le cheminement de ma pensée.

— Pour l'instant, je suis le gibier, dis-je. Et je n'aime pas ça.

— Toi, tu as de sales projets dans le crâne, dit Sam Perez en pointant un index énorme et accusateur.

— Ce qu'il y a de positif, dis-je, c'est qu'ils sont comme tous les truands : se méfient tous les uns des autres et sont prêts à s'entre-étriper.

— Tu veux leur donner des motifs et observer le spectacle, c'est ça ?

— C'est ça, ricanai-je. Et d'assez loin.

J'allumai une cigarette, aspirai un bon coup et ajoutai :

— Sauf le flic. Celui-là, je vais me le faire personnellement. Je vais me faire personnellement le flic qui trahit tout le monde. Un type qui a trahi sa propre femme *avant même* de la connaître.

Je devais avoir l'air spécialement cruel. Sam parla doucement :

— Je t'ai déjà vu une fois comme ça. Je ne voudrais pas être le type.

Je lui parlai aussi de Sanguine. De Sanguine, vraisemblablement tombée du premier coup sur la combine de pots-de-vin que le commissaire divisionnaire Claude Tourouvre devait fricoter avec l'aide de sa fille. De Sanguine liquidée aussi sec. Belle ordure au milieu d'un tas d'ordures.

— Il n'y a pas *une seule* combine, Sam, il y en a trois ou quatre qui s'entremêlent et qui font un beau tas de merde. Et ils doivent tous plus ou moins avoir des motifs de s'entre-étriper, en même temps que je deviens leur cible commune.

Danielle dormait, je n'allumai pas la lumière. Quand je fus dans les draps chauds de sa chaleur et de son odeur, elle se tourna vers moi, marmonna des choses et se mit à me caresser.

Ça dut la réveiller, ou du moins réveiller une partie spéciale de son corps. Puis elle vint sur moi et j'allumai la lampe de chevet pour voir le corps très élancé.

Elle eut un orgasme très long, pratiquement sans bouger, et je conçus comment j'étais terriblement responsable de ce que j'avais apprivoisé. Je ne suis pas très amateur de Saint-Exupéry, mais il est vrai que le renard a raison de dire ça au petit Prince.

— Je veux bien une cigarette, dit Danielle au bout d'un moment.

Très bien. Grillons donc une petite dernière avant de faire des cauchemars.

— J'ai eu peur, aujourd'hui, dit-elle. Je ne savais pas qu'on pouvait avoir peur à ce point-là.

— Eh bien, voilà qui t'instruit sur la vie et ses aléas, dis-je en riant.

— Comment peux-tu rire ?

— Ça doit être une question d'habitude. Il est important de se moquer de soi-même, pour garder en forme son sens de l'humour.

— Qu'est-ce qu'on va faire ?

— On va récupérer la belle maison que j'ai prêtée à des amis, au-dessus de Clermont-l'Hérault. Comme j'aime : sauvage, superbe et isolée.

— J'aimerais bien connaître ta maison, dit-elle d'une voix de toute petite fille.

J'étais en train de tomber complètement amoureux de la petite fille et ce n'était sûrement pas le moment de tomber amoureux.

— On devrait y être après-demain, si tout va bien.

Et si tout allait mal, on n'y serait jamais. Je gardai pour moi cette intéressante considération optimiste en songeant que Valentin avait connu Sam Perez, que Valentin savait comment Sam était un ami sûr, votre serviteur et est-ce que Valentin avait débité cela à quelqu'un avant de se faire détruire par une belle quadrillée modèle 37 sur la place herbue d'un petit village briard et triste ?

Je repassai encore une trentaine de fois les événements dans ma tête, film se déroulant à toute vitesse. Pourquoi donc ne m'étais-je pas assez méfié de Valentin ? Je devais vieillir, assurément, mais en fin de compte, c'était Valentin qui y était resté. Je pensai encore à des choses, un chauffeur de taxi au frais dans l'herbe en ce moment même, des bribes, maintenant. À Danielle, aussi.

Voilà, elle dormait et devait donc faire des cauchemars, parce que le début de son sommeil était plutôt agité.

11

Sam avait acheté les journaux, des croissants et des cigarettes. La petite tuerie briarde permettait de tartiner assez et il y avait une belle description de Danielle et de moi-même. Apparemment, le type qui avait descendu Bernard le Belge avait réussi à s'arracher.

À moins que les poulets n'aient mis la main dessus et aient décidé de le travailler un petit peu avant de raconter aux journalistes à quel point ils étaient des petits futés. *Les tueurs se sont enfuis dans une Maserati d'un modèle peu courant.*

À mon avis, les flics l'avaient déjà retrouvée à Troyes, avaient enquêté, savaient que nous étions partis en taxi Volvo, devaient se demander ce qu'on avait fait de P'tit Jo, fouillaient Châtillon-sur-Seine et Dijon pour retrouver la voiture et installaient des barrages autour de Dijon. Tout ça comme prévu.

Il aurait fallu faire disparaître cette Volvo, mais comment ? Et quand ?

— C'est mauvais, dit Sam.

Il y avait aussi cet article très court où on disait qu'à Saint-Maur une jeune Martiniquaise était passée sous les roues d'un chauffard alors qu'elle traversait, que le chauffard s'était enfui et qu'on ne l'avait pas retrouvé.

Sanguine.

— Ce ne sont pas les poulets qui m'inquiètent le plus, dis-je.

Sam fit une moue.

— Tu crois que cette ordure de Valentin a eu envie de raconter à tout le monde comment t'allais radiner ici, c'est ça ?

— On va se tirer, Sam, c'est trop con pour toi.

— C'est la saison de la chasse, dit Sam. Et je n'ai encore rien tiré de vraiment gros.

— Laisse tomber, Sam. Après, la vie va devenir impossible pour toi.

— Je me suis déjà arraché de trucs bien plus pourris.

— Ça ne marche pas toujours, Sam. Cette histoire de bonne étoile est un merdier. Pourquoi pas les ovnis, aussi ?

Je m'attaquai à ce baquet de café noir très sucré, fumai deux ou trois cigarettes en me demandant comment l'ennemi allait manœuvrer. Sam alluma sa première sèche avec ses éternelles allumettes. Contrairement à son habitude, il s'était rasé. Pour Danielle ? Ce serait tout à fait du genre de Sam.

Sam posa sa clope sur l'angle d'un cendrier en cuivre, se leva en roulant ses épaules un peu trop grasses, disparut.

Sam voulait me montrer quelque chose.

— Ça peut arrêter, dit Sam. Je ne l'ai pas encore vraiment essayée.

Il s'agissait d'une carabine de chasse Sauer modèle .80 magnum, assez laide, sans doute.

— Chambrée en .300 Weatherby, avec des pruneaux demi-blindés de 11,7 grammes. Départ à neuf cent quatre-vingt dix mètres par seconde.

L'inconvénient de ce genre de carabine est le nombre de coups limité, mais puissance indiscutable.

— Et alors ? demandai-je gentiment.

— Alors on les attend, dit Sam, très sûr de lui.

Je ne dis rien. Je pensais que Danielle et moi, on risquait peut-être peu par le train jusqu'à Montpellier, où Sylvain viendrait nous prendre. Le sort en décida autrement vers 11 heures, quand le briard de Sam aboya deux fois. Il y avait quelqu'un au portail.

— Je vais voir, dit Sam.

— Sam ?

— Hein ?

— Un instant.

Je filai à la chambre, allai chercher le Ruger Security Six en me disant que c'était comme aux Galeries Lafayette de ma jeunesse : il se passait tout le temps quelque chose.

Je tendis cela à Sam qui dit que quand même, finalement, on n'était pas complètement désarmés.

— C'est p't'être le facteur, essaya Sam.

— Je te couvre depuis la cuisine avec ta jolie chose. Si c'est le facteur, tant mieux.

À mon avis, ce n'était pas le facteur ni un très viticulteur pote de Sam. À mon avis, Valentin avait causé de l'existence de Samuel Perez et je voyais bien que ce fût le rescapé de la petite tuerie briarde qui voulait se faire bien voir de ses chefs, tout fier d'avoir secoué Bernard le Belge.

Pensait avoir les félicitations du jury. L'imbécile se ramenait seul. Je fis monter une cartouche dans la carabine monstrueuse, devinant d'avance ce que serait le recul.

Sam ouvrit la porte de la cuisine après avoir glissé le Ruger dans son dos entre ceinture et pantalon, chien relevé.

Le fou. S'il tapait du pied, il se ferait enlever la fesse droite en entier. Mais Sam faisait toujours ce genre de choses, toujours très excité derrière son calme apparent et ses cent trente kilos de barbaque. Cent trente kilos qui faisaient aussi trois heures de karaté par semaine. Avec un Ruger Security Six .44

magnum dans la ceinture, il devenait difficilement approchable. Sam, donc, traversa la cour de gravier, flatta son briard dont j'avais déjà oublié le nom (ou bien ne me l'avait-il pas dit ?), Danielle ouvrit la porte de la cuisine fraîche d'une douche, appétissante comme tout.

— C'est quoi ?

— Le type qui a descendu Bernard le Belge, j'imagine.

— Et que fait Sam ?

— Il va l'accueillir.

Elle ne dit rien, devait penser des choses du genre « ça ne finira jamais », observa la carabine Sauer.

— Comment sait-il ?...

— Valentin.

D'où j'étais, je vis Sam qui ouvrait la porte piétonnière blanche. C'était sûrement le type qui avait descendu Bernard le Belge, mais il n'était pas tout seul, il y avait un deuxième type avec lui. Derrière la vitre de la cuisine, je vis Sam reculer au milieu de la cour, parce qu'un des deux types avait en main un revolver et Sam ne pouvait évidemment pas dégager le Ruger.

À sa place, je l'aurais gardé à la main, mais le mal était fait.

Le deuxième referma la porte d'un coup de pied donné derrière lui. Huis clos. À l'instant même, Sam me bouche la cible, merde. Qu'il saute en arrière. Je fis certainement un rictus effroyable, le type fit reculer Sam et Sam plongea.

Effroyable détonation du Sauer dans l'espace de la cuisine, carreaux de la fenêtre volant en morceaux. Le type au revolver prit la balle de .300 Weatherby exactement là où je souhaitais et recula dans le magma de ses poumons déchiquetés.

Sam fut debout comme une machine et le Ruger dans la main, en envoya le canon en plein dans la figure du deuxième.

Ça commençait à s'organiser béatement. Danielle voulut se verser du café et se le versa sur la main.

Comme j'avais tiré depuis la cuisine, il était peu probable que quiconque eût entendu le départ de la balle terrifiante ; ça nous laissait le temps de nous retourner.

Sam poussa l'abruti au visage en sang vers la cuisine et ne fit pas un mouvement pour empêcher son briard de se mettre à lécher le sang des poumons arrachés de l'autre.

Danielle vit cela, devint blanche, puis verte, observant le chien qui se mettait à fouiller en remuant la queue.

— Excuse-moi, dit-elle.

On voyait où elle se proposait d'aller. S'ils y venaient ainsi successivement, ce serait un plaisir. Peut-être le briard de Sam aurait-il le temps de dévorer entièrement le fumier ? Pourtant, les briards sont chiens paisibles. Mais celui-ci devait partager la mauvaise humeur de son maître.

Sam poussa l'abruti au visage ensanglanté dans la cuisine en disant :

— Tu vois, tu nous as fait casser des carreaux.

Je manœuvrai la culasse du Sauer, une nouvelle cartouche monta dans la chambre et je poussai le tout contre la gorge de notre héros.

— Tu vois, Galeries Lafayette, si tu bouges, il faudra repeindre la cuisine.

— Manquerait plus que ça, fit Sam. Déjà qu'y a les carreaux de la porte.

C'était un petit type blond aux cheveux rares, sans doute assez âgé et aux yeux parfaitement fuyants et hypocrites. Ce n'était pas celui qui avait réglé le Belge.

Par la fenêtre aux carreaux brisés, on voyait que le briard s'excitait maintenant sur le cadavre de l'autre. Ça suffisait peut-être.

— Sam ?

— Hein ?

— Ton chien.

— Tu veux qu'il garde de l'appétit pour celui-là ?

Galeries Lafayette commençait à avoir des soucis. Le canon du Sauer le poussa contre le feu. Je poussais tellement fort que ça lui tournait la tête.

Sam lui enleva un très pistolet automatique Sterling.450 magnum.

— Un rêve, dit Sam. Ce qui me manquait.

La sûreté désarmant le chien extérieur était enlevée et une balle était dans le canon.

— Dans la situation où vous m'avez collé, dis-je, tu dois bien te douter que je n'ai pas l'intention de te laisser plus d'une minute avant de te verser de l'eau de Javel dans les yeux. C'est simple et toujours à portée de la main.

Panique chez l'ennemi, qui fit un signe des yeux.

— Vas-y.

— Valentin savait que vous iriez ici, couina-t-il. Alors voilà, on est venus.

— Pour qui ? Le Villain, Vuidos ?

— Non, non. J'sais pas.

— Ça n'ira pas comme ça, dit Sam. On va aller à la cave et je vais m'en occuper. Je suis sûr qu'on saura des choses avant l'heure du pastis.

Galeries Lafayette conçut que c'était Sam qui allait s'occuper de son destin.

— Je vais m'occuper de tes couilles avec un vrai nerf de bœuf. Il vient de mon grand-père.

C'était certainement très artisanal. Je commençais à plaindre le pauvre crétin : je n'aurais pas aimé me trouver dans les mains de Sam et il n'avait pas l'air de comprendre.

— Tu fais faire ton boulot par d'autres, hein ? ricana-t-il.

— Tu vois, dit Sam, je crois vraiment que le mieux c'est

que t'aies affaire à moi. Avec lui, je ne suis pas sûr que tu sortirais vivant de la cave.

— Tu as un endroit pour ranger ce que le chien n'a pas bouffé ? demandai-je.

De tout mon cœur, j'espérais que Danielle n'entendait pas les horreurs que nous étions en train de débiter sur ce mode froid et décontracté.

— Ce sont de très belles caves, dit Sam, on va bien trouver un petit coin pour lui.

Sam aime le genre Grand-Guignol.

À midi un quart, j'étais en train de mettre la table, Danielle regardait le feu d'un œil étrangement fixe et ne demandait pas où était Sam. Le briard avait laissé tomber son sinistre repas, j'avais traîné le corps vers un recoin de la cave où il y avait un puits, j'y avais balancé le corps après avoir fouillé des poches dépourvues d'intérêt. Sinistre et inintéressant.

À midi vingt, la cloche d'entrée sonna, j'allai ouvrir et une vieille femme me demanda où était Sam. Elle portait une corbeille de linge et me sourit.

— Il est à la cave, je vais le prendre.

— Prend' quoi ? Ah, euh, l' linge, pas ? Tiens, l'a donc encore cassé ce carreau, le Perez. C't' encore la porte qu'a battu : fait tout le temps des courants d'air.

— Merci, madame.

Elle observait furieusement, mais ne rentrait pas.

— Bon, ben, j'y vas. Y a la note avec.

— Je lui dirai. Vous voulez que j'aille le chercher ?

— Mais non.

Je pris le linge en charge, retournai à la cuisine. Danielle dit :

— Je vous ai entendus.

Mon estomac dans les reins, ou des choses comme ça.

Ça tournait au cauchemar : plus je voulais la tenir éloignée de tout cela, plus je l'y enfonçais.

— Et tu peux préparer des steaks pendant que ton pote martyrise un type ?

Elle était effrayante parce qu'elle demandait ça sur le ton de quelqu'un qui s'informe, sans plus.

Sam réapparut, vit le linge, dit « Bon », regarda Danielle.

— Il a craqué très vite, Dieu merci.

Sam évitait de regarder Danielle et Danielle regardait Sam d'un air bizarre, les yeux plissés, la bouche plissée.

Sam se versa un seau de scotch Glen Deveron douze ans et demanda s'il était possible d'avoir des glaçons. Danielle fila au réfrigérateur.

— Ils sont commandités... enfin, ils étaient commandités par un type qui s'appelle Carvallo. En général, ils grattent sur des histoires de coke, mais le mec fait aussi dans la politique, et autre chose...

Sam avait l'air bizarre.

Danielle fit tomber deux glaçons dans le Glen Deveron de Sam, dit :

— Je connais ce type-là. Un type d'une cinquantaine, je pense. Je lui ai vaguement dit deux mots chez Karen.

Karen Warrenfield, la mystérieuse. Sam demeurait muet et songeur.

— Eh ben, dis-je, que le monde est minuscule.

— Ses rapports avec Karen ?

— Je ne sais pas, dit Danielle. Apparemment très copains.

J'attrapai la bouteille de scotch.

— Il y avait de la coke partout chez Karen, ce soir-là.

— Il est dans quel état ? demandai-je à Sam.

— Un peu sonné, dit Sam. Je ne me suis pas servi du nerf de bœuf, tu penses.

Je pensais. Sam aurait coupé le petit blond aux yeux fuyants en deux. J'allai à la cave. Danielle et Sam s'évitaient du regard, maintenant. Le petit blond aux yeux fuyants avait été suspendu par Sam à une poulie dans cette cave, son visage était un mélange de sang et de larmes séchés, il était complètement nu, misérable. Je me hais, hais Sam, les hais tous, lui compris.

Je libérai la poulie et le maintins pour qu'il ne s'effondre pas.

— C'est fini ?

— Viens, Galeries Lafayette, on va te remonter.

Les yeux hypocrites n'étaient plus hypocrites mais terrifiés et enfants.

— Y va recommencer ?

— Deux scotches, une clope, un steak, dis-je.

J'avais des idées ignobles. Il était trop brisé pour ne pas être ému à la perspective d'un bon steak et d'une chance de vivre.

Je l'aidai à se rhabiller, je savais qu'il avait encore quelque chose à dire, quelque chose qu'il n'avait pas à dire et qu'il allait dire parce que j'étais très gentil avec lui.

— Ça va mieux, dit-il au bout d'un moment.

— OK, on remonte à la surface.

Retour dans la cuisine.

Je l'aidai à s'asseoir et lui offris un scotch qu'il lapa en vitesse. Danielle était émue par ma gentillesse, Sam l'air de plus en plus bizarre et je savais pourquoi, maintenant.

— Une clope ? demanda Galeries Lafayette.

— Bien sûr, dit Sam, qui commençait à voir mes projets.

— Plutôt une blonde.

Je lui offris mon paquet. Il dit :

— J'avais fait un mauvais calcul, hein ?

— Je fais ces steaks ? demanda Danielle, qui semblait rassurée par cette paix nouvelle et douce, tout le monde très gentil avec le blond aux cheveux clairsemés.

— Je crois que je vais aller chercher un peu de Romanée-Conti 49, dit Sam.

Il se tourna vers Galeries Lafayette, dit :

— Excuse-moi, hein ?

— Non, non, dit Galeries Lafayette.

Galeries Lafayette comprenait pourquoi Sam l'avait tabassé. Admirable. Galeries Lafayette sacqua son scotch, en reprit un, fuma une nouvelle cigarette. Danielle se demandait, maintenant, ce qu'était tout ce cirque. Ou bien ne se demandait rien.

Sam revint avec ses deux bouteilles de Romanée-Conti et se mit en devoir de déboucher les merveilles.

— J'savais pas à qui j'avais affaire. Louis non plus, il ne savait pas.

Il se mit à bouffer, tout le monde se mit à bouffer, les steaks de Danielle étaient parfaits.

— Carvallo, il tient tout, dit-il au bout d'un moment. Même des flics.

Ça, on avait compris. Je comprenais aussi que Valentin avait téléphoné à Carvallo très vite, je comprenais aussi que Vuidos et consorts, c'était autre chose ou la même chose et que le flic mangeait des deux côtés. Je comprenais des choses, en somme. Et Karen Warrenfield débitait de la coke et il y avait de la coke à revendre chez Zagdoud à Église de Pantin. Non moins, elle triturait dans cette histoire immonde de paris sur des petits mecs qui s'entretuaient et le tout à l'avenant.

Sam reversa du Romanée-Conti au mec qu'il venait de tabasser et qui commençait à être sonné encore plus que sous les claques du même. Ça devait faire un intéressant mélange.

Et on y venait. Galeries Lafayette arrivait au point où je voulais qu'il en vienne : il commençait à éprouver le besoin de se rendre intéressant. L'imbécile. Sam me voyait manœuvrer et terminait son fromage, Époisses affiné au marc.

— Ouais, dit Galeries Lafayette, ouais. Pa'ce que Valentin, il a assuré que ça finirait du côté de Clermont-l'Hérault, où qu' t'as une baraque, il paraît.

Ce qui était prévu : deux cadavres potentiels de plus. Sylvain et Bénédicte. Peut-être un nouveau rictus de ma part.

— Tu fais du café ?

J'étais glacé, je parlais de café et j'avais tout fait pour que vienne cet aveu. Cet aveu que je savais sans vouloir trop savoir. Je m'étais dorloté toute une matinée la tête avec de belles illusions et des espoirs choisis, et bien évidemment, Valentin savait *aussi* pour la maison de Clermont-l'Hérault. J'aurais dû détruire Valentin bien plus tôt. Le parfait chien d'hypocrite que je ne pouvais maintenant même plus faire souffrir. Parti en fumée, Valentin.

— Carvallo, hein ? dit Sam. Y a Carvallo derrière tout ça.

— Oui, Sam.

— Derrière tout quoi ? demanda Galeries Lafayette, qui n'avait pas l'air d'en savoir long.

— Ça, dit Sam, désignant le monde entier, à son habitude d'une main monstrueuse.

Il alla chercher la cafetière, dit :

— Je crois que je vais prendre des vacances dans le Sud. Il faut que je me familiarise avec les vignerons du biterrois. Y a du vin, à Clermont-l'Hérault, non ?

— Oui, dis-je à Sam. Y a du vin.

— Tu vois. Faudrait peut-être pas tarder, hein ?

— Surtout qu'à Lyon, j'ai une course à faire, dis-je.

Je voyais que j'allais renouer avec certaines habitudes :

j'avais envie aussi de respirer l'air comme il est au pied du Larzac. Ou bien je n'en avais pas envie. Mais je devais avoir envie de savoir si j'en avais envie. Tordu.

Et maintenant, Sam n'était pas de trop.

Sam Perez, en même temps ex-gauchiste, karatéka, cinglé de jeux et vigneron sur ce que les Dijonnais nomment « la Côte ». Quoi encore, au sujet de Sam ?

Je ne savais pas, mais il représentait une puissance et Danielle avait l'air de voir ça. Ses yeux dirent : « Ça va aller, hein ? »

Sam avait le nez sur son café.

— J'peux te parler à part ? demandai-je au type que j'appelais (stupidement) « Galeries Lafayette ».

— Ouais, bien sûr, pourquoi pas ? Oh ! j'vais reprendre le train à Dijon. Y en a quand ?

Bien sûr. Il allait sûrement reprendre le train à Dijon pour tout expliquer à M. Carvallo. Sam attendait que je bouge, Danielle commençait à entrevoir.

« Galeries Lafayette » se leva, dit « Au revoir, mademoiselle » et je savais ce que j'allais faire.

— On va où ? demanda-t-il.

Je lui montrai la grange où Sam rangeait la belle CX qu'il n'utilisait que peu.

Galeries Lafayette était un minable, qui maintenant avait *confiance* en moi.

Rentré à Paris, il aurait *confiance* en Carvallo, tout autant et non moins. Il allait de dos, passa la porte de la grange, je tirai dans son dos une seule balle du Ruger et il fut propulsé sur un tas de paille.

Exécution sommaire, dit en moi une voix.

Vous avez déjà vu des exécutions qui ne soient pas sommaires ? Ce serait comment quand le troupeau adverse déboucherait sur le joli mas au-dessus de Clermont-l'Hérault ? Pas sommaire ?

Je rentrai le Security Six qui n'avait plus que trois cartouches de disponibles. Dans mon paquet, il n'y avait plus non plus que trois cigarettes de disponibles. Je retournai vers cette cuisine où il m'allait falloir affronter le regard de Danielle.

— On s'en va, dis-je.

— Prends la CX, dit Sam sans me regarder. Je vous rejoindrai par le train après-demain.

J'avais compté sur Sam. Sam avait dit qu'il voulait voir comment faisaient les vignerons du biterrois.

Et Sam fixait le mur un peu au-dessus de la cheminée.

Sam ne viendrait jamais par le train après-demain.

— Tu viens ? dis-je à Danielle.

Parce que peut-être, elle aussi, allait se trouver des occupations ?

— Fais pas chier, dit Sam.

— Je ne vois pas qui fait chier qui. Tu me prêtes ta belle auto, tu nous héberges. C'est moi qui fais chier, je sais.

— *Merde*, dit Sam.

Je n'avais pas envie d'une scène. Je ne crois pas faire avec Sam un couple amoureux.

— Vous reprenez un autre café ? essaya-t-il.

— On va y aller, Sam. Et je crois que tu n'as rien à craindre. Trois cailloux au fond d'un puits, tu devrais y arriver.

— Il y a tous les papiers de la CX dans la boîte à gants.

Et vers quelle nouvelle misère emmenais-je ainsi la petite Danielle ? Je sortis la CX de la grange sans m'occuper du corps de Galeries Lafayette que j'avais terminé. Et il y avait de la panique plein les têtes.

Dans la mienne ? Pas tant que ça. Un peu, mais pas tant que ça.

Je préférais ne pas songer à quoi j'en étais arrivé depuis la rencontre conne d'un poulet à un enterrement. Dans quoi nageait-on ?

— Je connais Carvallo, dit Sam.

— Je sais, Sam.

Danielle se décida après l'inquiétant péage et pendant que la circulation ralentissait à l'entrée du tunnel qui vous fait déboucher sur Lyon.

— Pourquoi est-ce qu'il n'est pas venu ?

« Il », ce devait être Sam.

Je ne dis rien. Sam, il y avait me semblait-il très longtemps, avait parlé de Carvallo. C'était un nom qui, sur l'instant, ne m'avait rien dit. Mais il avait dit quelque chose à Sam.

— Sam va essayer de se payer Le Villain. Il viendra après.

— Pourquoi ? Je ne comprends pas.

Fallait-il le dire à Danielle ? Comment Sam était tombé amoureux d'une petite pute lyonnaise et avait voulu l'arracher, pour que la petite pute vienne vivre en femme de vigneron. Comment la petite pute voulait. Comment des gens comme Carvallo – oh, pas Carvallo lui-même, bien entendu – avaient vitriolé la gosse qui voulait larguer le ruban et comment on avait retrouvé le corps dans un tas d'ordures proche de la N86 qui descend la rive droite du Rhône, un mois plus tard. À cette époque, Sam n'avait pu atteindre Carvallo. Et Sam devait se dire qu'il l'avait, son occasion de détruire Carvallo.

— C'est vieux, fis-je en attaquant le tunnel sous Fourvière et ses gaz d'échappement. Il viendra après, vois-tu.

— Pour l'instant, je n'ai pas peur, dit Danielle. Je ne sais pas pourquoi, mais non.

Une heure pour traverser Lyon, après le pont autoroutier sur la Saône, sortir vers la Mulatière, errer en essayant de me souvenir. Ça aussi, déjà, c'était vieux.

Très vieux, même. Je n'avais pas imaginé que je retomberais un jour là-dedans, je passais mon temps à éviter de penser à Sylvain et Bénédicte, au mas avec beaucoup trop de souvenirs. Sylvain devait penser que désormais le mas lui appartenait et que, certainement, j'étais mort. Cinq ans plus tard, est-ce que tout ça fonctionnait encore ? Ce système de repli extrême était-il encore viable ?

À 6 h 20 du soir, dans la nuit tombante, je trouvai la petite rue et les souvenirs de l'époque où Ulrich croyait encore à la Rote Armee Fraktion. Où il me disait que j'étais un individualiste bourgeois et borné. Où il me faisait des leçons très impressionnantes sur le sens de l'Histoire. Il avait moins parlé de sens de l'Histoire le jour où j'avais conçu que les hold-up exécutés au nom du sens de l'Histoire tombaient à quatre-vingts pour cent dans sa poche.

Les gens de la RAF avaient également conçu ce point et la peau d'Ulrich avait commencé à valoir très peu. Ensuite, le Seigneur avait voulu que la police allemande s'occupe sérieusement de Baader et des autres ; c'est pourquoi Ulrich était encore vivant et devait beaucoup au Bundeskriminalamt.

Je garai donc la voiture à cent mètres de la vieille villa où on avait beaucoup joué à la belote et Ulrich devait être devenu un bel indic : ils finissent (presque) tous comme ça.

Je sonnai, notai qu'Ulrich entretenait son jardin et que Danielle était sortie de la voiture pour se dégourdir les jambes.

Le portail s'ouvrit électriquement, parce qu'Ulrich se modernisait au contact de la société civile bourgeoise. Je marchai sur une allée bétonnée, gravis un escalier et un gamin de 10 ans vint m'ouvrir.

— P'pa. Y a un m'sieur.

Un gamin blond qui avait le nez de son père et pas le menton. Tant mieux pour lui.

Ulrich parut derrière dans une odeur de maison crasseuse et malsaine, trop chaude. Il avait toujours ses cheveux blonds très longs, mais sur le haut du crâne, c'était dégarni. Ça faisait méduse ou rocker des années soixante qui a renoncé à compter les années.

— Je suis le type qui persiste à ne pas avoir le sens de l'Histoire, dis-je.

— Paul !

Exclamation de joie aussi sincère qu'un paquet de cigarettes vide.

— Les clefs, Ulrich. À moins que tu n'aies revendu la Range Rover ?

— Mais... tu ne veux pas entrer ?

— Les clefs, Ulrich.

— Bon, bon, je vais les chercher.

Mon ton commençait à effrayer le gamin.

— Je te suis. Tu t'en es occupé régulièrement, comme prévu, n'est-ce pas, Ulrich ?

— Mais bien sûr, Paul. Pourquoi tu t'énerves ?

Je le suivis dans un couloir qui puait la graisse refroidie et collante.

Il alla à un meuble démodé poussé contre un canapé en skaï rouge. Des jeux de gamin du genre électronico-à-la-mode traînaient partout.

— Je l'ai sortie une fois ou deux pour la faire tourner.

Crétin. Il fallait souhaiter que ce ne fût pas trop grave. La dernière fois que j'en étais descendu avec, j'étais bien sûr que jamais elle n'y remonterait.

Ulrich fit un drôle de bruit de respiration, sa main rencontra un petit Beretta modèle 71.22 LR, se garda bien de faire le fou avec et me tendit le trousseau.

Je me mis à aller bien mieux.

— Paul ?

— Heu ?

— Je sais, dis-je.

Je comptai dix mille francs suisses et filai avec l'envie de vomir.

12

— Je suis un poids, pour toi, n'est-ce pas ? demanda Danielle.

À mon avis, le bon sens commandait qu'on pensât le contraire.

— Danielle, ne dis pas de bêtises. On n'en est vraiment plus là.

Je craignis un instant qu'elle en vienne à se poser la question de savoir *où* on en était, mais non.

Je ne voyais vraiment pas, cher citoyen, ce que j'eusse bien pu lui répondre. Et « eusse », je me disais dans ma tête. Pas moins que « eusse ». Il y a des moments où le son des mots vous paraît stupide, je me mis donc à ricaner tout seul.

Danielle ne me regarda pas avec effarement parce qu'elle dormait.

Nuit et pluie. Je me paumai deux fois dans Pierre-Bénite, comme son nom ne l'indique pas, j'avais froid, des quantités de souvenirs aussi chiants les uns que les autres remontaient à la surface. En longeant le Rhône rive droite, l'air sentait le pétrole des raffineries malgré la pluie, et des lueurs jaunâtres traînaient dans le ciel, montrant en pleine nuit les formes molles et noires des nuages par-dessus le fleuve. Y a-t-il plus cauchemardesque qu'Irigny à la nuit tombée sous la pluie ? Je ne me paumai pas, cette fois. Le sentiment que j'étais venu à cet endroit la veille. J'arrêtai la CX au bout d'une impasse défoncée en me demandant avec angoisse si la Range allait démarrer.

Je me fis tremper, tâtonnai sur une porte de hangar au milieu de hangars en tôle plus pourris les uns que les autres. Je me dis que j'avais même vécu là un moment et que j'y avais été heureux. Quand ça avait mal tourné, je m'étais juré de ne plus jamais vivre ainsi.

— On est où ? demanda Danielle.

— À un endroit où on change de voiture.

— Encore ?

Je ne répondis pas, n'étant pas soucieux de raconter à Danielle des histoires d'organisation et de logistique interminables et chiantes, pour tout dire.

Il faut avouer qu'honnêtement, Ulrich avait toujours fait convenablement son travail. La Range Rover avec ses plaques de Francfort démarra sans d'interminables efforts. Ensuite, je me mis au travail pour déloger du mur de brique ce qui convenait en me disant que c'était ma dernière cache, qu'il allait falloir envisager des choses.

Je mis un moment, sous l'œil un peu effaré de Danielle, récupérai les deux passeports, celui de la République fédérale qui allait avec la voiture et l'autre, pour une fois il était français et périmé, ce qui fait très authentique et permet à un poulet de vous faire une remarque avant de vous le rendre d'un air entendu.

Les steaks de midi étaient loin et je commençais à crever de faim. Eus-je une vague pensée pour Sam ? Je ne sais pas.

Ils viendraient tous, et pour des motifs différents qui seraient aussi les mêmes. Sam allait les pousser au cul, faisant le rabatteur ; je voyais assez cela.

Ce que je pouvais exposer à Danielle qui me regardait extraire de sa toile goudronnée un fusil d'assaut Armalite modèle AR-18, ses cinq chargeurs de vingt coups et les trois grenades à fusil de 62 mm.

Qu'est-ce qu'on croyait ? Que j'allais me faire enculer par des Carvallo ? Oh ! Que Sam pousse tout ça. Que ce serait bien. Ce serait jubilatoire.

Et intéressant. Je savais déjà comment j'allais les attendre, j'organisais ce rendez-vous depuis un moment.

Ou bien j'étais un peu paranoïaque, peut-être ?

— Tu vas tous les tuer, hein ?

Oui.

Une nouvelle fois, donc, je roulais vers la tuerie l'esprit en paix. C'est surtout le flic que je voulais. Mais il y seraient tous et ça allait être une jolie surprise. Vu mes projets, ce serait même une surprise très puante.

Peut-être qu'en cinq ans Sylvain et Bénédicte avaient fait des enfants ? Ignoble expression : *faire* des enfants.

À 6 heures moins le quart du matin, il faisait dehors un froid prenant, je mourais de sommeil, de soif et d'abrutissement à force de conduire et je passais la pancarte CLERMONT-L'HÉRAULT.

Je traversai la petite ville, fus au centre, tournai à gauche, longeai un grand mur que je croyais avoir oublié et me mis à rouler sur la route de Bédarieux.

Les souvenirs auraient pris leur dimension effective si je n'avais pas eu autant envie de dormir. Et de boire un litre de bière.

Quatre kilomètres, puis tourner à gauche, l'automatisme de mes gestes devenait assez inquiétant et je roulais bien trop vite. Paradoxalement, je ressentais une sorte de torpeur, et au milieu des sales souvenirs venaient des images douces et luxuriantes. Des images de l'époque où j'avais été heureux – ou avais cru l'être. Ou avais cru que ça durerait toujours.

C'était drôle que dans ma tête ce soient ces images agréables et douces qui reviennent. J'aurais presque préféré les autres, les moches.

Roulons sur la départementale 15, passons Cabrières, ne prenons pas la route vers le mas Rouch, continuons, encore un petit kilomètre. Sans Land ou Range ou un truc comme ça, on ne monte pas. À l'époque, j'avais une Méhari 4 x 4. Et qui donc en a quoi que ce soit à foutre que j'aie eu une Méhari 4 x 4 ?

Danielle faisait sa nuit, il y avait des moments où je me demandais ce qu'elle faisait là. Ensuite, je me disais que ça ne pouvait être autrement. Ensuite encore, l'envoyer très loin hors de cette merde. Et ensuite, qu'elle soit là. Ça pouvait durer longtemps. Elle ne disait rien, avait le culot de dormir ; elle était quelque chose qu'on ne me prendrait pas. La Range Rover manqua de sauter en l'air dans le chemin, je roulai plus doucement, m'arrêtai sous les arbres rares à cet endroit au sud du bois des Moulesses.

Il n'y avait plus qu'à attendre que le jour se lève. Dans une heure.

Le truand moderne et bien élevé se doit de voir les choses de loin.

Et pour voir les choses de loin, il y faut des jumelles. Je sortis donc de la boîte à gants mes Zeiss 7 x 50, m'avançai sous le couvert des derniers arbres et le mas, huit cents mètres plus haut, me sauta au visage dans la lumière pâle et froide. Je sentis la présence de Danielle derrière moi, me tournai un instant pour lui faire un sourire très rassurant. Il n'y avait plus qu'à attendre que quelque chose bouge.

— Tu crois qu'« ils » sont déjà là ?

— Impossible.

Mais je n'en étais pas sûr. Il n'y avait pas de voiture visible, mais ça ne voulait pas dire grand-chose. Ce que j'attendais, pour être à peu près tranquille, était que Sylvain apparaisse, monte dans la 4L verte achetée aux Domaines et qu'il aille soigner ses cochons, porcherie industrielle, à deux kilomètres.

Bien isolée, la porcherie, merci pour les voisins. Il n'est assurément pas de pire odeur au monde que celle du lisier de porc. Avec les huit cents cochons de Sylvain, ça faisait un océan épouvantable de merde. Et odeur incroyablement collante aux vêtements. Sylvain est devenu incapable de manger une côte de porc : il trouve que ça en a l'odeur. Au Moyen Âge, les porcs étaient noirs. Pourquoi étaient-ils devenus roses ?

La question n'était pas là.

Je respirai à 7 h 25, mais je mis un moment à reconnaître Sylvain qui avait honteusement grossi et portait une barbe.

Dans l'optique des Zeiss, je le vis se gratter cette barbe, humer le vent et monter dans la voiture qui n'était plus la vieille 4L, mais une 504 break. Il était comme Ulrich : il se modernisait à chaque instant. Pourquoi étais-je si amer ? Quelle belle merde je leur apportais à Sylvain et à sa très légitime épouse, Bénédicte, encore des choses peu simples.

La 504 break disparut de mon champ et je continuai à inspecter les lieux un bon moment. Les volets du mas étaient fermés. Je retournai à la Range Rover. Danielle ne disait rien, vaguement prostrée avec des cernes jusqu'au milieu du nez. Une vieille cassette de Leonard Cohen tournait très doucement sa musique imparable. Le fait que Danielle ait choisi cela me laissa rêveur : j'avais envie d'entendre n'importe quoi, mais pas Leonard Cohen. Il est vrai qu'en ce moment tout le monde se tapait de mes états d'âme.

La Range Rover sortit du couvert, se remit à cahoter monstrueusement dans les cailloux. Ce qui venait depuis les Pyrénées était indiscutable : neige. Sans doute pas avant le milieu de la nuit. J'arrêtai la cassette de Leonard Cohen.

— Pourquoi disais-tu qu'il n'y avait pas le téléphone ?

Soit : indiscutables poteaux métalliques gris. Cette neige potentielle introduisait dans mon esprit un grand calme. Elle tomberait avec des flocons gros, en avance d'un mois sur l'hiver. Je ne savais pas si c'était bien ou non. Pour l'instant, le paysage immense avait des couleurs plombées, paroxystiques et en même temps bizarrement calmes. Depuis le mas, la vue est extraordinairement dégagée, découvrant un paysage austère aux couleurs terreuses. Et on dit un mas, mais sans doute ce fut d'abord une bastide. Il ne subsistait rien de l'architecture militaire, mais restait la position et il faudrait bientôt penser en termes de forteresse assiégée.

Ça allait être difficile, avec Sylvain. Sylvain devait me supposer mort depuis longtemps et devait se voir très bien propriétaire du mas Fontès, des cinq hectares attenants et des belles choses que j'avais jadis achetées pour faire plaisir à une femme.

— Tu as l'air bizarre, fit Danielle.

— J'ai connu quelqu'un qui aimait beaucoup Leonard Cohen. J'ai vécu ici un bon moment, je crois bien.

— Je suis désolée.

Je lui mis la main doucement sur la cuisse gauche, serrai un peu, fis une sorte de sourire vague et dis que la question n'était pas là pour le moment.

Je repassai en première pour affronter le dernier virage et un tic nerveux agitait mon œil droit.

Les trois cents derniers mètres étaient sablés. J'arrêtai la Range Rover juste avant. Pourquoi avais-je envie de faire une mauvaise surprise à Sylvain ? Pourquoi voulais-je le mettre tout de suite dans un sentiment d'infériorité ? Qu'est-ce que ma tête imaginait ? J'allumai une cigarette avec un écœurement assuré.

— Laisse-moi un quart d'heure, dis-je à Danielle.

— Qu'est-ce que tu vas faire ?

— Le ménage, peut-être.

Ce qui montre que la logique n'a rien de rassurant est que si Valentin connaissait le mas Fontès, pourquoi ne pas s'arranger avec Sylvain ? Très dans le style de gens comme Carvallo, tout ça, non ? Et puisque Valentin avait tout débité à Carvallo, qu'il y avait à craindre que Carvallo fût un bon manœuvrier et que Sylvain adore l'argent...

Bien entendu, une fois que Sylvain aurait bien trahi après avoir profité de ma maison pendant cinq ans, Carvallo, conformément à sa cruauté et à sa logique (mais ce doit être la même chose), Carvallo donc opérerait Sylvain avec le joli sadisme que je lui soupçonnais. Et Sylvain, bien entendu, ne verrait pas cela, politique de l'autruche et de l'espoir à bas prix.

Bon, tu rêves et ta rêverie est complètement paranoïaque. Je m'aime bien en parano *vivant*. Finalement, la neige n'attendrait pas la nuit, vu le froid qu'il se mettait tout soudain comme ça à faire.

J'étais curieux de savoir si Bénédicte était là : si elle était chez sa chère maman à Nîmes, ça voudrait seulement dire que Sylvain avait jugé bon de l'écarter. *Donc* si j'avais raison, Sylvain devait m'attendre. *Donc* je m'apercevais que je devais laisser mariner ça dans ma tête depuis un bon moment, puisque j'avais attendu qu'il aille nourrir ses sales bêtes. C'est beau l'amitié, très noble.

Il fallait que Sam soit là bientôt. Mais j'avais mon idée pour le joindre.

Sylvain avait bouclé la porte d'entrée, mais le double de

cette porte-là dormait depuis quelques années dans la boîte à gants d'une Range Rover.

À moins qu'il n'ait changé la serrure.

Non.

J'entrai. J'avais envie d'être ici avec Danielle pour toujours, de devenir une personnalité locale, de foutre à la porte Sylvain. Pourquoi m'être demandé qui avait tué un flic ?

Ce genre de sentiments ne dure pas très longtemps dans ma tête. J'enlevai mes chaussures, fis le tour de la maison et il n'y avait pas la moindre trace du corps un peu lourd de Bénédicte. Une chambre avait été aménagée pour un enfant, mais vide aussi.

Sylvain avait revendu mon piano Pleyel, la table demi-lune, l'argenterie anglaise XIXe. Manquaient aussi à l'appel l'armoire bourguignonne et les deux fauteuils Directoire. Ne restait plus grand-chose.

N'avait tout de même pas revendu la maie transformée en bar, et il restait un fond de scotch. Dans le frigo de la cuisine, il y avait de la Vittelloise et je pris cette bouteille avec le même geste que j'avais cinq ans plus tôt pour le faire, à l'époque où Odile riait.

Je fis les anciens gestes pour allumer du feu, trouvai facilement le bois, posai le verre sur le coin de la cheminée, observai le feu en train de prendre. Il avait certainement également vidé ma cave.

Drôle d'être contraint par un M. Carvallo, grand maquereau et brasseur de coke devant l'Éternel, de remettre les pieds dans un endroit que j'avais cru un jour quitter pour toujours.

J'étais chez moi. J'avais envie de ces choses-là et je me sentais comme un enfant dans un lieu connu et inaccessible. Danielle, dans la voiture, devait en avoir marre. J'avais de vilains projets à l'endroit de Sylvain. Des projets très laids.

Radio, informations de 8 heures. Je mis assez bas, sortis le

Ruger et me mis à attendre Sylvain qui ne pourrait voir la Range par où il arriverait de sa porcherie ultramoderne. Le frigo marchait trop fort, la Vittelloise était glacée. Je me souvins que ce frigo avait toujours marché trop fort. Je bus avec plaisir, songeai mollement que je crevais de faim.

Sylvain enfonça sa clef dans la serrure, se profila dans la porte. Dans le carré de cette porte ouverte sur le spectacle de la montagne, les nuages de neige faisaient une masse opaque. Sylvain se détachait en gris sur ce gris.

— OK, Sylvain.

Je ne le voyais pas bien dans le contre-jour, mais déjà, je voyais comment il allait essayer de mentir.

— Tu as vidé aussi la cave, Sylvain ?

— Ça alors, ça alors !

Il était en contre-jour, je le distinguais mal.

— Ils arrivent quand, Sylvain ?

Il repoussa la porte.

Le whisky-Vittelloise était glacé à souhait.

— Ça, quand même...

Quand même quoi ? Jamais vu un mec jouer la surprise aussi mal ; il était un mec transparent.

— Ferme la porte, fis-je. Il fait froid. Tu sais ce qu'ils feront de toi quand tu leur auras servi ?

Il cessa d'être paralysé, se mit en marche vers la cheminée. À un moment, je dis « Stop » et il vit le Ruger, se décomposa encore un peu.

— Tu es une parfaite ordure, dis-je avec le ton de l'évidence.

Quel autre ton aurais-je dû prendre ? Hein ?

— On n'a pas dû se comprendre, essaya-t-il.

Il était près de la cheminée et pas aussi décomposé que j'avais cru. Il lança donc en conséquence un tisonnier en direction de ma tête. Je me baissai, mais pas assez et la chose très lourde alla frapper mon front à la racine des cheveux.

Je partis en arrière dans ma chaise, ne lâchai pas le Ruger, ne tirai pas non plus et m'étalai sur le dallage. Avant que j'aie pu me relever, Sylvain était sur moi, se jetant comme un dément, de la haine folle plein les yeux. Je crochai en plein dans la barbe, à demi sonné et du sang me coulait dans l'œil droit. Je frappai avec le Ruger le milieu du dos qui se présentait à moi en regrettant de ne pouvoir lui toucher les reins. Ça aurait été bien.

Il haletait, je tirais sur sa barbe à la lui arracher, son corps avait l'odeur du lisier de porc et je supposais que dans mon œil pas noyé de sang, il devait y avoir aussi un peu de haine.

Il tirait pour s'arracher la barbe de mes doigts. Je décidai de le laisser faire, poussai dans le sens qu'il souhaitait et ça envoya sa nuque contre l'angle de la cheminée. Il me lâcha, j'allais répéter avec le Ruger quand Danielle poussa la porte, le Bodyguard tenu d'une main qui ne manquait pas d'être celle d'une future experte. Un peu tremblante, cette main, et le bras pas tout à fait assez tendu, la jambe gauche peut-être pas assez en arrière, mais la tache de rousseur sous le nez était là et ça suffisait bien. Le nez en question frémissait.

Je me relevai, fis un signe des yeux.

— Tu veux un café ? demandai-je à Danielle. C'est dans la cuisine.

— Ton œil.

— Du café, s'il te plaît. Et ce n'est pas mon œil, c'est un tisonnier.

Elle sourit, ouvrit un peu plus les yeux, fit une moue très grimaçante et réussie, secoua la tête, les cheveux de cuivre voletèrent.

Et elle décida *aussi* de faire le café, tout allait donc au mieux. Ah, ce cher Sylvain.

Je versai la moitié de mon verre sur la tête de Sylvain ; même mélangé à l'eau, le scotch fit des choses en dégoulinant dans ses yeux. Et maintenant, il n'était plus question de finasser.

— Vas-y, Sylvain.

L'imbécile eut un air malin et je lui expédiai un coup de pied en pleine figure. Il cria. On en était (enfin) au moment essentiel. Le moment que j'attendais depuis très longtemps.

Danielle dit qu'elle ne trouvait pas le café, depuis la cuisine.

— Placard de gauche, en haut derrière le thé, dit Sylvain.

Pauvre type ! J'avais envie d'aller faire une grande promenade à pied avec Danielle, trouver les derniers clitocybes nébuleux. Aucun crétin ne m'empêcherait de faire ça. Je bus le restant du verre, j'avais mille questions à poser à Sylvain, un grand sang-froid m'envahissait.

J'allumai une cigarette et, dans la cuisine, la cafetière électrique se mit à faire des bruits de vomissements réguliers.

Nom de Dieu. J'attrapai Sylvain par ses vêtements, le soulevai, le propulsai. Il alla s'étaler sur le dallage et je lui sautai à pieds joints sur les reins. Après, je me mis à attendre qu'il reprenne son souffle et on arriva à 8 heures et demie.

— Tu peux bien me malmener, dit-il, je ne dirai rien, pa'ce que j'ai rien à te dire.

Il mit un temps, ajouta :

— Fumier.

Ça ne m'impressionna pas beaucoup.

Danielle revint de la cuisine, dit :

— Je crois que je commence à comprendre.

Certainement : elle faisait des progrès à chaque instant.

J'attachai convenablement Sylvain et allai chercher la bouteille d'alcool à 90° dans la salle de bains.

— Salope, dit-il.

S'il croyait me terrifier avec des valeurs morales...

— Parle-moi de Carvallo.

Danielle alla ouvrir les volets, les nuages noirs étaient presque au-dessus de nous. Je décidai, à cause des nuages noirs superbes, de faire une tentative dans le sens raisonnable et appel à la raison.

Prévu au programme. Peut-être que cela marcherait, sait-on jamais ?

Donc je me lançai, fatigué d'avance :

— Ils arrivent quand, Sylvain ? Tu sais bien que je vais devenir méchant.

Ils ne vous croient jamais tant qu'on ne leur a pas montré ; je lui montrerais de l'alcool à 90 dans l'anus, me semblait-il, et ils allaient louer un avion à Béziers pour venir voir de près avant.

— Combien, Sylvain ?

Je ne lui dirais rien des meubles qu'il avait vendus ni du reste.

— Trente plaques.

— Tu les as ?

Bien sûr, qu'il les avait. Carvallo, Vuidos et les autres les récupéreraient sitôt le cas réglé. Enfin, ils croyaient ça.

— Deux sucres, s'il te plaît, dis-je à Danielle.

L'avion loué à Béziers passa très au nord, mais c'était juste le premier passage.

— Tu as voulu jouer sur tous les tableaux, Sylvain. Tu me supposais détruit.

Le pauvre con.

— Y a la petite et Bénédicte à Nîmes.

— Tu t'en es occupé, au moment où tu trouvais que trente plaques pour me voir foutu, c'était toujours bon à prendre ?

— Je vais tout te dire.

— Elle s'appelle comment, votre fille ? demanda Danielle, qui devait juger que le café refroidissait.

— Céline. Elle a 3 ans.

L'avion repassa. Piper Comanche, sans doute. Vuidos dans la cabine, avec des jumelles monstrueuses. Je crevais de sommeil et n'avais rien à foutre de leurs exhibitions aériennes. Le flic qui me prenait pour un crétin, lui, je l'attendais. Mais Vuidos, non. On détruit les gens comme Vuidos au sens où on écrase une araignée. Aucun intérêt. Est-ce que j'allais pouvoir tuer Sylvain ?

J'avais laissé la voiture à sa place, les clefs dessus et une grenade calée d'une certaine façon. C'était destiné au malheureux qui passerait une vitesse.

Sommeil. À n'en plus terminer, maintenant.

Je remontai en me demandant si le Piper avait quelque chose à penser de cette Ranger-Rover, conclus que non.

Ça sonna trois fois chez M. Hervé Le Villain et ça décrocha.

Face à Notre-Dame, au-dessus de la Seine molle et romantique. Très bon.

— Allô, dit une voix étrangement absente et vide dans le combiné.

— C'est toi, Le Villain ?

— Qui êtes-vous ?

— J'ai des choses à dire au monsieur qui vous braque le canon d'un beau Sterling .450 magnum sur le cervelet.

Sylvain roulait en ce moment vers Béziers et Nîmes, se demandant sans doute pourquoi il était vivant. Et Danielle songeait : spectacle splendide. Il y eut dans le combiné le bruit d'une sorte de hennissement et cela était le rire incontestable de Sam.

— T'es toujours aussi futé, hein ? fit-il.

— Ça se passe bien ? On en est au moment où un Piper Comanche va bientôt faire un troisième passage.

— Ah !

Encore des unités à payer. Suis-je pingre ?

— Sam ?

— Oui, oui. Y a un magnétoscope VHS, là-haut ?

— Oui.

— Eh bien, il devrait y avoir d'amusantes projections, ce soir. Y aura sûrement des choses à négocier avec ces gens.

Il laissa un temps, dit encore :

— Si on en a envie. C'est vraiment un très intéressant coffre-fort.

— Sam ?

— Oui ?

— Fais gaffe qu'ils ne t'attendent pas dehors.

— Figure-toi que M. Le Villain se fait une joie de m'accompagner personnellement à l'aéroport. Il ne souhaite pas qu'une certaine liste de parieurs et de très édifiantes cassettes tombent entre certaines mains.

— Celles des poulets de ce qu'on appela jadis la Brigade des mœurs.

— Voilà. Exactement ça.

— Sam ?

— Oui ?

— Il n'y a pas là-dedans un film noir et blanc vieux modèle, sans doute 8 mm, datant de la guerre d'Algérie ?

— Ah, j'n'ai pas cet article-là. Ça manque ?

— Oui, mais c'était probable.

— Il y a une liaison Air Inter qui me met à Nîmes à 11 h 25, dit encore Sam. J'ai bien fait de prendre M. Le Villain au saut du lit. Ça devrait me permettre d'être là-haut pour déjeuner.

Je voyais comment Sam avait *pris* Le Villain au saut du lit : c'était certainement entendu au sens propre et littéral.

Je raccrochai et me mis à démonter l'Armalite. Vu l'allure que prenait le ciel, le Piper Comanche n'était pas près de réapparaître.

13

Avais-je eu raison de piéger la Range Rover ?

Vers 10 heures, vinrent les flocons et une Toyota Land Cruiser Station Wagon se mit à monter le chemin.

Dans mes jumelles, je vis Vuidos et deux autres que je ne voyais pas nettement.

— Les troupes de reconnaissance, ricanai-je.

Un litre complet de café me permettait d'ouvrir l'œil.

— Nous avons de la visite, dis-je à Danielle.

Je mis un chargeur dans l'Armalite et laissai venir en songeant que j'avais envie d'une douche et de me raser. Réflexion faite, je planquai le beau fusil d'assaut. Inutile que les parlementaires de merde soient au courant de notre dispositif de défense.

La Toyota stoppa devant les fenêtres, Vuidos seul en descendit.

J'allai lui ouvrir la porte.

Je jetai un coup d'œil aux deux types qui étaient sagement restés dans la voiture. Je les connaissais et ce n'étaient pas deux minables petits truands, tant s'en fallait. Donc Vuidos avait passé contrat avec les frères Boyer et ça n'avait rien de réjouissant, parce que c'étaient des techniciens, ces deux-là.

Désagréable.

— Tu as été vite, dit Vuidos.

— C'est Carvallo qui t'envoie ou bien le flic marron ?

Vuidos avait indubitablement une certaine classe dans les gestes. Une ordure de classe, quoi.

— Pas du tout, dit-il. Pas du tout. Je n'ai rien à voir avec ces gens-là.

Quel menteur !

— Ah bon ? Comme c'est intéressant. J'aurais cru... mais tout le monde peut se tromper, hein ?

J'avais envie de me payer la gueule de cette ordure avant de la détruire comme un insecte.

— Propose plutôt aux frères Boyer de prendre un scotch. Je doute qu'ils aient quelque chose contre.

Vuidos eut l'air surpris, ça ne lui plaisait pas que je connaisse les deux.

Et de mon côté, ça me surprenait de voir les Boyer travailler avec des types comme Vuidos. Ne savait que faire, Vuidos.

— Vas-y, dis-je doucement. C'est l'heure de l'apéritif, après tout. (J'ajoutai :) Je préfère que ce que tu vas me proposer, ça se passe en leur présence.

J'avais envie de prendre Vuidos par son beau foulard jaune et de serrer. Mais ça viendrait en son temps.

Vuidos alla à la porte et fit un signe. Gilles Boyer sauta le premier à bas de la Station Wagon. Beau gosse, le camarade.

— Beau brun, hein ? dis-je à Vuidos en ricanant.

Francis Boyer, ensuite. Connu pour son rire célèbre, son interminable chance aux cartes, le même que son frangin en blond, un peu plus lourd. D'après mes souvenirs, Gilles, c'était plutôt le Ricard.

Le premier à me voir fut Francis Boyer. Il ne rit pas, dit, à son habitude :

— Malheureux. Eh ! Gilles, non mais t'as vu qui c'est ?

Et hilare, maintenant.

— J'ai vu, espèce de chien.

Ah oui, c'est vrai, ils s'engueulaient sans arrêt. Ça faisait partie du rite.

— Vous travaillez pour des ordures de ce genre ? demandai-je poliment.

Gilles Boyer dirigea une main aux multiples bagues dans la direction de Vuidos.

— Ce chacal-là ? Non, mais tu rigoles ? Non, non. On le surveille. Y a des gens qui ne veulent pas qu'il fasse de conneries, le pédé.

— Toujours au Ricard ?

— Ouais, ouais.

— Malheureux, dit Francis Boyer. Ce type a toujours des douze ans d'âge sensationnels et tu t'envoies un jaune ?

— Ta gueule. Ouais, ouais, un jaune pour moi.

Ils s'assirent devant la cheminée, Gilles Boyer étala ses jambes, eut une moue. Il s'intéressa au fond de son verre. Pause entre les grands prédateurs.

Il pensait, Gilles Boyer. Quand il se mettait à penser, son frère prenait aussi l'air de penser. C'étaient des types vraiment redoutables, surtout parce qu'ils s'entendaient horriblement bien sitôt l'action commencée.

— Qu'est-ce que tu fous là-dedans ? demanda enfin Gilles, qui, visiblement, ignorait Vuidos.

Et Vuidos nous regardait, là, sans rien comprendre. Danielle, assise dans l'escalier avec son Bodyguard sur les genoux, devait se demander ce qui se passait.

— J'ai deux, trois comptes à régler, Gilles. Et on n'est pas du même côté cette fois, c'est tout.

— Ah. Oui, ça je vois bien. C'est une combine pourrie ?

— Assez bien, oui. C'est Carvallo qui vous a demandé ça ?

— Bien sûr, dit Francis Boyer, qui ajouta : Je vais me

lever, mais t'inquiète pas, c'est seulement parce que je trouve que tu rationnes sur le Glen Deveron ces temps.

— D'accord, Francis, vas-y. Remets-m'en une goutte et ressers un jaune à ton frangin.

— Pas pour moi, dit Gilles, c'est bon.

Vuidos nous regardait avec un air de plus en plus inquiet. Gilles repoussa de sa botte une bûche dans le foyer.

— Carvallo et le poulet pourri ne seront là que demain, dit Gilles, indifférent entièrement à ce que pouvait penser Vuidos.

Gilles Boyer était un mec qui ne se plaisait pas du tout dans la position où il se trouvait. Emmerdé, très emmerdé de voir que lui et moi, on allait s'envoyer des pruneaux et autres surprises sans aucun plaisir.

— Et on fera rien tant qu'ils ne seront pas là, dit Francis. On attendra les ordres.

Il riait du bon tour joué à Carvallo. Ils me donnaient aussi une chance de lever l'ancre. Ils me croyaient très isolé.

— Ça fait chier, dit encore Francis Boyer, les yeux bleus soudain très durs.

Il mit un temps.

— Tout ça à cause de cette petite salope. Il est devenu dingue, Carvallo. La minette lui fait faire ce qu'elle veut et plus encore. Tomber amoureux d'une minette. À son âge.

— C'est son problème, dit Gilles.

Gilles veut toujours avoir l'air adulte. Il leva les yeux vers moi, dit :

— On pourra pas repousser au-delà de demain.

Donc Karen Warrenfield manipulait un vieux truand comme Carvallo. Elle devait s'amuser comme une folle.

— Bon. Ben, on va y aller.

Je comprenais maintenant pourquoi ils étaient montés : juste pour voir comment c'était. Gilles Boyer était sûrement un mec qui avec moi voulait jouer la franchise et son frangin suivait sans problème. Mais il était hors de question que moi, je me le permette. Je suis trop salaud, sans doute.

Pas question de tabler sur la franchise, pas question, donc, de parler de Sam Perez. Du reste, si ça se trouvait, Gilles Boyer mentait exactement et n'avait pas l'intention d'attendre longtemps. Je me demandais avec intérêt comment ils allaient s'y prendre et s'il y en aurait d'autres.

Francis se leva. Dans le blouson, un instant, la crosse inversée d'un revolver. Ah oui, c'est vrai : gaucher et portant son flingue à droite dans un étui spécial.

— On te laisserait bien la vieille pédale, mais ça ne te ferait vraiment pas un otage de bonne qualité. Ne vaut plus rien, le vieux.

Il éclata de son rire monstrueux et tellement communicatif que je ris aussi pendant que son frangin secouait la tête d'un air déprimé.

Ce qui m'intéressait, maintenant qu'ils étaient loin, était la tire que les deux Boyer avaient inévitablement planquée quelque part pour le moment où, d'après leurs plans, ils décideraient de s'arracher.

D'où la question ultime : à la fin, dans la neige, qui resterait-il ?

— Tu crois, demanda Danielle, que je peux téléphoner à mes parents ?

Au fait, oui, ils existaient, ceux-là. Mais dans un autre monde, banlieusard, coquet et paisible, sans doute. Et pendant ce temps, leur fille regardait le colt Bodyguard avec les yeux d'un enfant ayant enfin mis la main sur un jouet interdit.

— Bien entendu, dis-je.

Je me tapai les étages pour aller au grenier : Sylvain avait certainement, un jour qu'il était en panne de cigarettes, vendu trois vieilles frusques que j'avais laissées au chiffonnier du coin.

Mais non. Quel vilain soupçon ! Sylvain n'avait revendu que ce qui avait de la valeur. Pas les Rangers usés mais parfaitement à mon pied, pas le pantalon en velours côtelé dans lequel j'étais parfaitement à l'aise, pas ce chapeau de brousse taché de graisse. Tout cela était recouvert par quatre ou cinq ans de poussière.

Au chant XIII de l'*Odyssée*, Homère fait dire à Athéna dont l'œil étincelle et qui adresse à Ulysse les paroles ailées : « Il serait fourbe et astucieux, celui qui te vaincrait en quelque ruse que ce soit, fût-il un dieu. »

Je ne suis pas Ulysse et ce n'est pas Athéna qui me protège. Athéna, déesse de la guerre et de la philosophie : accablant pour les pacifistes, non ? De toute façon, Athéna est tombée en panne depuis un certain temps, semble-t-il. Armalite AR-18 me protège, Athéna très moderne, et à dire vrai très peu philosophique. Sait-on jamais, d'ailleurs ?

Je trouvai les draps blancs à l'endroit prévu, mis un peu plus longtemps pour les ciseaux, mais Sylvain avait laissé dans le garage de cette glu que vous n'avez pas intérêt à tripoter avec les doigts si vous ne voulez pas les coller ensemble.

J'apportai tout ça dans la grande pièce, m'installai devant le feu.

— Qu'est-ce que tu fais ? demanda Danielle, intéressée.

— Je me déguise en bonhomme de neige. Tes parents sont furieux ?

— Non, non, très gentils.

Je n'aurais sûrement pas pu faire carrière comme tailleur, mais du reste, ça ne m'était jamais venu à l'esprit. En attendant, j'avais un chapeau blanc, une veste blanche et un pantalon blanc.

Tourbillons de neige venant du sud. Tout, bientôt, allait être recouvert. Ici, quand la neige vient du sud, ce qui est rare, tout le monde sait à quel point ça va vite. Tout le monde sauf les frères Boyer, Vuidos, Carvallo, des gens comme ça, trop citadins. Non, pas les Boyer : pas citadins, les Boyer. Hélas.

— J'y vais, dis-je à Danielle.

— Où ?

— Trouver la voiture des frères Boyer.

— La voiture des frères Boyer ?

— Celle qu'ils ont dû planquer pour s'arracher. Je n'ai jamais vu les deux frangins partir sans biscuits. Ils ont oublié d'être fous. Déjà qu'ils ne doivent pas trouver tellement drôle de monter à l'assaut comme ça, tu te doutes bien qu'ils ont envisagé un repli stratégique. Leur petit repérage par avion leur a fait comprendre que le seul endroit possible, c'était au-delà de la porcherie de Sylvain, vers le bois des Moulesses, sur la petite route qui descend sur Vailhan, le long de la Peyne. Je n'en ai pas pour plus d'une bonne heure.

Elle ne dit pas qu'elle ne voulait pas rester toute seule ou des choses de ce genre : elle était d'un courage discret et authentique. Le malheur avait voulu qu'elle me rencontre, mais elle prenait la chose vraiment très bien.

Il y avait un bon kilomètre entre le mas et la porcherie de Sylvain. Je supposais que Sylvain avait demandé à quelqu'un de Pézènes ou de Valmascle de s'occuper de ses bêtes. Mais je m'en foutais, au fait, de ce con de Sylvain.

La neige venait plus de l'ouest, maintenant, établie au-dessus de l'Espinouse et venant descendre en rafales jusqu'ici.

Comme je marchais plein ouest, j'eus le visage gelé au bout de cinq minutes et il commençait déjà à être difficile de progresser. Au bout d'un quart d'heure, je passai devant la porcherie et le chemin se transforma en petite route, précisément pour desservir la porcherie ; camions d'aliment du bétail dans un sens, cochons dans l'autre. Beurk. À droite de la porcherie, un petit océan d'urine et de défécation de porc, choses bien infâmes et qu'on nomme lisier. Re-beurk. Odeur épouvantable.

Je continuai. Pour l'instant, dans le sous-bois, il y avait moins de neige. En arrivant sur la départementale, j'étais perplexe : à droite ou à gauche ?

J'essayai à gauche, et comme on a bien droit de temps en temps à un peu de chance, je tombai sur une Lancia HP Executive. Gilles Boyer adore les Lancia.

Elle était garée en retrait dans un chemin de bois et déjà recouverte de trois centimètres de neige. Fermée à clef, bien entendu. Mais bien entendu aussi, la clef était fixée à l'aide d'un aimant dans le passage de la roue arrière droite.

J'étais très content de jouer ce joli tour aux Boyer.

Je me tapai soigneusement les pieds l'un contre l'autre avant de m'installer. C'était une Lancia qui avait sept mille kilomètres, les papiers étaient sous la moquette, carte grise sympathique établie au nom de Jean-Marie Bousquet. Pourquoi pas ?

Je me surpris à siffloter un air de Brassens très ironique, mis le starter, laissai tourner un moment, essuie-glaces, roulai.

Je pris à droite sur la départementale enneigée, passai le chemin menant à la porcherie, continuai, passai Fournols, deux virages étroits, et puis à droite, la petite route qui monte raide avant de redescendre sur le mas Rouch.

Au sommet, j'enfilai en marche arrière la Lancia dans un chemin, fermai à clef et mis la clef dans ma poche. J'étais à un kilomètre et demi au-dessus de ce que je n'avais pas renoncé à appeler ma maison, et la retraite stratégique des Boyer était coupée. Pour fêter cela, j'allumai une cigarette bien méritée et me dis qu'en blanc sur blanc, même si cela avait fait sourire Danielle, au moins je n'abîmais pas le beau paysage de neige, nostalgique et tout.

— Été obligé de finir à pied, dit Sam.

Sam avait enlevé ses chaussures et avait placé ses pieds au plus près de la cheminée.

— En passant par la porcherie de Sylvain, tu serais encore arrivé jusqu'ici. Mais ce ne sera plus vrai dans une heure ou deux.

— T'étais où ? T'es mignon en blanc.

— Je suis *toujours* mignon. Mais il est vrai que le blanc convient assez à mon teint.

— Sers-moi un scotch au lieu de dire des conneries.

— J'étais en train de couper la retraite stratégique des Boyer.

— Ah, dit Sam. Ils ont les Boyer avec eux ?

— Hm...

Sylvain avait effectivement ravagé ma cave.

— Les Boyer, hein ? dit encore Sam.

— Oui. Mais ils ne savent pas que tu es là. Du moins pas encore.

Sauf s'ils surveillaient la maison. Mais je ne voyais pas bien depuis où.

À 3 heures de l'après-midi, nous étions installés devant la télévision et le spectacle offert par Sam n'était pas triste : Sam avait trouvé dans le coffre-fort d'Hervé Le Villain six cassettes VHS de trois heures qui montraient toutes la même chose :

des petits jeunes gens nus armés de couteaux qui essayaient de s'entre-étriper.

Ce n'étaient donc pas des inventions de cette crevure de Valentin. Sur la deuxième cassette, on voyait très nettement Ahmed, celui-là même qui avait descendu Bruno Desarnauds, ouvrir la gorge d'un type qu'il maintenait entre ses genoux.

Danielle était blanche, Sam ne disait rien, avait le regard fixe. Ahmed apparaissait aussi sur les quatrième et sixième bobines. Ahmed avait dû être un favori.

Édifiant.

Il n'y avait aucun indice sur les images vidéo pour essayer de deviner *où* cette barbarie avait lieu. Une salle assez grande, le spectacle éclairé par des projecteurs rouges qui dessinaient sur le sol carrelé une arène vague, et les combats sanglants, abominables, toujours terminés par une mise à mort en bonne et due forme. Lassant dans l'horreur. Aussi lassant dans l'horreur que nombre d'ouvrages de Donatien Alphonse François, marquis de Sade. Mais là, ce n'était pas simplement décrit complaisamment sur du papier. Le cameraman, et sans doute Vuidos était le cameraman, poussait la complaisance à faire des travellings avant quand un couteau finissait par ouvrir une gorge ou châtrer.

Parce que bien entendu, il y avait cela aussi.

— Merde, dit Sam à un moment.

Sam n'est pas quelqu'un de spécialement sensible.

Au fond, l'important n'était peut-être encore pas là. Le cameraman avait filmé autre chose : c'est-à-dire qu'il avait *aussi filmé les spectateurs*, les amateurs déments de cette horreur. Et il les avait filmés de façon telle qu'il était hors de question que ce fût un montage. Bien que l'éclairage ne soit pas toujours en faveur de l'amateur de caméra vidéo et que la définition de l'image ne soit pas toujours parfaite, image très rouge trop souvent aussi, il n'y avait aucun doute que les spectateurs étaient bien présents, pas du tout victimes d'une sombre machination, parce qu'ils étaient filmés en même temps que les horreurs qu'ils regardaient par le judicieux truchement de travellings arrière qui ouvraient le champ. Il y avait pas mal de têtes célèbres de la politique, du cinéma, de la *jet society*. Vive les zooms !

M. Le Villain avait dans les mains un instrument de chantage monstrueux et Sam avait réalisé un coup de maître. On voyait bien sur quoi Valentin avait voulu mettre la main. On comprenait tout, maintenant.

J'arrêtai le magnétoscope, allai me servir un whisky. Pour que vous soyez bien renseignés sur la nature de l'humanité, il faut bien remarquer que les spectateurs étaient pour l'essentiel des spectatrices. Mais pas que des spectatrices. Il y avait aussi le commissaire de police Claude Tourouvre, qu'on ne faisait pas plus chanter que mon cul ne chante. La nature m'a dispensé d'un intestin émettant des flatulences, et donc mon cul ne chante jamais.

— Ça vaut une fortune, si on le monnaye, dit Sam.

— Ça vaut surtout un joli nombre de morts. Et ils ne savent pas qu'on a mis la main dessus.

Je mis un temps, ajoutai :

— Le nombre de gens qui doivent vouloir ces cassettes doit être prodigieux. Qu'est-ce que tu as fait de Le Villain ?

— Je l'ai laissé à Orly après l'avoir assez terrorisé.

— C'est une erreur, Sam.

— D'accord.

Carvallo voulait mettre la main là-dessus, récupérer ça. Et Karen Warrenfield, là-dedans ? Quels liens entre Carvallo et Le Villain ? Et entre Le Villain, Carvallo et Karen Warrenfield ? Et Judith Desarnauds, la femme du flic mort, elle faisait quoi, elle ?

— Il est heureux que tu les aies pris de vitesse, Sam. Ils ne t'auraient jamais laissé venir jusqu'ici avec ça.

— Oui, dit Sam, d'accord. Et il y a beaucoup de gens en effet que ça intéresse. Exactement trente et un.

— Pourquoi trente et un ?

Sam sortit de sa poche un carnet de petit format relié en cuir fauve.

— Ça allait avec, dit posément Sam. Et il y a trente et un noms répertoriés, là-dedans. C'est suivi de chiffres, je ne sais pas pourquoi.

— Montre.

Sam me tendit le petit carnet. Ça commençait à A et ça donnait ça :

Mme la Générale Claude d'Arsis de la Miguière, IV 7534.

— Bobine IV, arrêt à 7534 sur le magnétoscope de Le Villain, dis-je.

— Vu.

— Les deux flics avaient dû mettre le nez plus loin dans la combine que je ne pensais, dis-je.

— Les deux flics ? Ah ! ton pote.

Je ne dis pas à Sam que si on en était là, c'était avant tout à cause d'un flic tué.

— C'est tous des types mouillés jusqu'à l'os, pourris jusqu'au cul, dit Sam qui aimait les fortes images.

Il se leva et le fauteuil remercia en un soupir attendrissant d'être enfin soulagé des cent trente kilos de Sam.

— D'habitude, dans les histoires de chantage, je suis plutôt du côté de la victime, mais là, les victimes sont aussi infectes que les types qui les font chanter. Mme la Générale Claude d'Arsis de mon cul. Et tous les autres.

Tous les autres. Et *donc*, pourquoi pas un Warrenfield, très à la fin de l'alphabet ?

Paul Warrenfield était le dernier et donc trente et unième

du petit carnet de Le Villain : *Paul Warrenfield III 1906. V-esl. Aus. UN.*

Ou encore : tronche du camarade Warrenfield, bobine III, à 1906 sur le magnétoscope d'Hervé Le Villain, pornographe et maître chanteur, et Paul Warrenfield était vice-consul d'Australie aux Nations Unies. Enfantin.

Dehors, la nuit tombait et la neige tourbillonnait furieusement. Dedans, il y avait Sam qui fumait en se passionnant pour le feu dans la cheminée, Danielle qui, après en avoir fini avec le majeur droit s'attaquait aux peaux de l'index droit, et votre serviteur, tombant de sommeil et commençant à penser à quelque chose. Ne serait-il pas temps ?

Dehors, il y avait donc la neige, vraiment elle était là, mais également les frères Boyer, Vuidos qui comptait pour du beurre et qui d'autre encore ? Qui ? Mais ce fumier de commissaire divisionnaire qui faisait croire qu'on le faisait chanter. C'était même un type que j'avais failli plaindre. Et puis trente salauds qui bichaient en pariant sur des petits jeunes gens en train de s'étriper à mort.

Moi, je mettais tout ça dans le même sac, mais j'allais me faire le flic. Très bien : tu veux le flic, Sam veut Carvallo, division technique du travail comme il se dit dans Marx. Intéressante question : la division technique du travail est-elle nécessairement *aussi* une division sociale ? Hein ? Important, ça, non ?

Bon. Prenons alors la cassette marquée III, d'une écriture fine (celle de Vuidos ou celle de Le Villain ?) et introduisons-la dans le magnétoscope Akaï.

Était-ce la marque du magnétoscope de M. Le Villain, comme son nom l'indique ?

Je rembobinai la cassette vidéo, mis le comptage de l'Akaï. Y avait-il de grosses différences ? Le Villain remettait-il son comptage à zéro à chaque fois ? Certainement. Avance rapide, arrêt à 1840. Rebelote dans l'infâme : comme d'habitude. Deux types l'un sur l'autre par terre, l'un essayant avec son couteau de châtrer celui qui était dessous, immobilisé.

— T'aimes ça ou quoi ? demanda Sam.

— Amusant, Sam.

— Tu cherches quoi ?

— La gueule d'un M. Paul Warrenfield.

Danielle cessa de se préoccuper de son pouce gauche. Sur l'écran, le type qui était au-dessus parvenait à ses fins. Horrible. Calme, restons calme. Et maintenant, travelling vers les spectateurs. Et minuscule saute d'image, imperceptible si on n'y prenait garde. Puis le visage d'un homme blond, 35 ans environ, compteur à 1923, nouvelle saute d'image et de nouveau l'horrible spectacle.

J'appuyai sur RETOUR, pour être bien certain. Confirmation : la lumière qui éclairait Paul Warrenfield n'était pas vraiment la même que sur le reste de la bobine.

Un montage très bien fait, mais un montage quand même. Paul Warrenfield n'avait jamais assisté à ces horreurs, mais quelqu'un avait voulu le mouiller.

Et je ne voyais qu'une seule personne pouvant avoir intérêt à le faire : une certaine Karen Warrenfield. Et Paul Warrenfield n'était sûrement pas son père, mais bien plus certainement son mari. Donc Carvallo, toujours prêt à rendre service, avait fait faire ce montage par Vuidos ou Le Villain pour mouiller un diplomate australien.

Cette fois, on voyait très bien le rôle joué par cette salope. Et dans quel but ? Des quantités possibles. Pour lui briser sa carrière par jalousie, pour faire un divorce fructueux, pour faire plaisir à Carvallo, ou tout ça en même temps. Karen Warrenfield fut sur ma liste immédiatement après le flic. Mais ils n'avaient pas beaucoup de points d'écart.

— Qu'est-ce que je deviens savant, ricanai-je tout haut. Pauvre homme.

— Tu ne nous ferais pas un dessin, des fois ? demanda Sam.

— Bien volontiers, dis-je.

14

Ça avait ressemblé à tout sauf à une veillée d'armes. Une curieuse absence de peur et un détachement à tout crin chez les assiégés. Les assiégés, avec leurs cassettes vidéo monstrueuses.

Je me demandais bien pourquoi je croyais les deux Boyer, m'assurant qu'ils attendraient la nuit prochaine.

Quand je me levai, il était 9 heures et Sam, devant la cheminée, avait l'Armalite sur les genoux, paraissait dormir mais il n'en était rien, bien entendu.

— Il y a du café, dit Sam sans bouger. Il est encore chaud.

J'allai me chercher ledit café, revins vers Sam.

— Tu sais, dit Sam au bout d'un moment.

Je savais quoi ?

— Non. Tu devrais aller roupiller un coup, Sam. Je t'ai assez mis dans la merde, c'est ça, hein ?

— Tu sais bien que je veux Carvallo, et tu sais pourquoi. Ce sont aussi mes affaires.

Il mit un temps.

— Non, c'est point ça.

Bon. C'était quoi ? Et je voyais bien ce que ça allait être.

— Non, moi, c'est pas le problème.

J'allumai la première cigarette de la journée, celle qu'on regrette pendant toutes les suivantes.

Sam ne me regardait pas, lâcha enfin :

— Non, c'est la p'tite. Ça me fait chier de te dire ça.

Ça, on voyait que ça le faisait hautement chier.

— D'accord, dis-je à Sam. Elle est là, ça s'est passé comme ça. Elle a mis les pieds là où il ne fallait pas.

— J'sais bien que t'as tout fait pour l'écarter. Je sais comme tu es, c'est pas ça. (Il tourna vers moi des yeux embués, dit :) Tu connais pas Carvallo.

Bien. Vu. Très bien. Si, si. Sam était en train d'identifier Danielle à la fille que lui-même avait aimée et que Carvallo avait détruite.

— D'accord, Sam, je comprends.

Si Samuel Perez se mettait à avoir des états d'âme, on était mal barrés.

— Tu vois, hein ? Tu comprends comment je le veux, Carvallo ?

— Je comprends, Sam, je ne suis pas con à ce point-là.

Je comprenais aussi que Sam Perez avait envie de mourir. C'était l'existence revenue à l'ordre du jour de Carvallo qui faisait ça à Sam.

— Pas la petite, dit Sam. Y faut pas.

— Va dormir un peu, Sam, dis-je gentiment.

Pendant sa veille, Sam avait asséché la bouteille de Glen Deveron à peu près pleine. Ça aussi, ça devait jouer. Je n'avais pas envie de me retrouver avec comme seul compagnon d'armes un type devenu soudainement suicidaire.

— T'as déjà rencontré plus ordure ?

— Va te coucher, Sam. On est tranquilles jusqu'à ce soir.

— Non ? Mais t'as déjà rencontré plus ignoble ? Les petits mecs qui... que...

— Va te coucher, Sam.

Il me semblait que je devenais répétitif, mais je n'avais pas grand-chose d'autre à dire.

Il laissa un silence, finit quand même par avouer :

— Bon. Je crois que je vais en écraser un coup.

— Ça me paraît une bonne idée, Sam.

Ça avait dû faire un piètre veilleur, pendant que nous dormions. Il se leva, indécis dans les gestes et vaseux dans le regard. Cent trente kilos indécis et vaseux, ça fait des mouvements. Et Sam Perez s'était bourré la tronche à n'en plus finir.

— La p'tite, tu comprends ?

Il oscilla nettement vers la cheminée, mais revint à la verticale.

J'allumai la deuxième cigarette, bus la deuxième tasse de café, sortis le Ruger du holster et ouvris précautionneusement les volets. Splendide paysage de neige. Un bon mètre et le ciel toujours plus sombre et froid. J'observai un moment avec les Zeiss, notamment vers le chemin, et tout alentour.

Rien pour l'instant, mais le sentiment que quelque chose se préparait.

Je fumai une troisième cigarette en écoutant les informations de 9 heures. On ne s'y expliquait pas le suicide d'un ingénieur nommé Hervé Le Villain. Ah ? Peut-être qu'un jour j'aurais l'occasion de leur expliquer.

Ensuite, je repassai mes vieilles frusques recouvertes de drap blanc, pris l'Armalite en main, passai la courroie des Zeiss autour de mon cou et fermai la porte à clef. Danielle dormait toujours et Sam cuvait.

Lente progression dans la neige, pas de vent et pas très froid. Toujours ça de pris. Je marchai deux cents mètres sur le chemin vers la porcherie, trouvai un endroit qui me convenait, sous un arbre, débarrassai un bon mètre de neige.

Quand j'eus trouvé le sol, je m'assis. Je couvrais du dehors la seule entrée du mas Fontès et je respirais l'air froid et humide.

Je me demandais comment les Boyer allaient faire, mais il était sûr qu'ils n'attendraient pas la fonte des neiges.

Sans doute allaient-ils vouloir créer une diversion, mais laquelle ? Ils avaient certainement repéré la voiture de Sam en bas du chemin, savaient qu'il y avait quelqu'un en plus de moi.

Vers 1 heures, je commençais à geler sur place, allais renoncer quand quelque chose bougea à la lisière du bois, du côté de la porcherie, environ à quatre cents mètres d'où j'étais si modestement installé. Je me fis encore plus immobile que je n'étais, mes doigts dans mes gants commençaient à être gourds, je réglai les jumelles. Dans l'optique des Zeiss, Gilles Boyer me sauta quasiment à la figure. Lui aussi avait des jumelles. Également un fusil de chasse à canons sciés. Il ne se cachait pas véritablement, observait le mas Fontès.

Identique à lui-même, parfaitement calme, il décida de s'en griller une petite. Peut-être que s'il approchait encore un peu, je pourrais lui causer quelques dégâts ? Au-delà de deux cent cinquante mètres – et c'est un maximum à mon avis –, les .233 Remington perdent un peu de leur originale personnalité. Même avec de très puissantes Sellier et Bellot blindées, à trois cents mètres, ça ne fait même plus sept cents mètres par seconde et l'énergie retombe à quatre-vingts kilogrammes-masse. À peine le tiers de l'énergie d'une bonne carabine de grande chasse. Une 7 x 64 avec une bonne lunette, voilà ce que j'aurais vivement souhaité. Par exemple, une belle Mayer's de type Nosler de 11,4 grammes aurait certainement fait des choses dans le corps de M. Boyer Gilles. Mais enfin, bon. On ne saurait tout avoir et il faut faire avec ce qu'on a.

Blabla : avec une carabine de grande chasse, on ne peut pas tirer les belles grenades de 62 mm.

Je me demandai combien de temps les flics mettraient pour arriver, comme ça, dans la neige, quand on commencerait à faire du bruit.

Gilles ne bougeait pas, fixant le mas. Attendait-il quelque chose ? Ou venait-il seulement tester la défense ? Voyez l'Art de la Guerre de ce génial Chinois qui exposait cinq cents ans avant Jésus-Christ que les plus belles batailles sont celles que l'on n'a pas à livrer. Gilles Boyer avait-il lu Sun Tzu ? Ça dura comme ça jusqu'à midi un quart, heure à laquelle le soleil déchira les nuages.

J'étais trempé et paralysé de froid, crevais d'envie de fumer et me dis que cette saloperie de soleil allait faire fondre la neige s'il faisait le malin trop longtemps. Je mis également un moment à comprendre quel était le bruit que j'entendais et qui s'amplifiait : tout connement un bruit de moteur en provenance de la porcherie de Sylvain. Sur la petite route, la neige avait dû moins s'amonceler, cachée qu'elle était sous les arbres. Je voyais très bien leur Toyota de merde – géniale automobile –, parfaitement à l'aise dans cinquante centimètres de neige.

Tout ça commençait à puer. Gilles avait dû entendre aussi, puisqu'il partait à reculons.

Quand il disparut sous les arbres, j'eus le plaisir inouï de pouvoir bouger et tergiversai deux secondes avant de lui coller au train.

Je me mis donc à cavaler, mes pas étouffés par la neige, arrivai dans le bois, évitai la route, suivant très facilement les traces de Gilles : il se dirigeait, dans le bois, vers la porcherie. Il était clair que les crétins voulaient faire de cette porcherie leur poste de commandement avancé. *Sehr Gut*, comme on dit outre-Rhin. Or, c'était exactement ce que je souhaitais, qu'ils fassent de cette porcherie leur poste de commandement avancé. D'abord parce que s'installer dans une porcherie me paraissait très bien convenir à des gens comme Carvallo ou ce fumier de flic pourri : une loi de nature veut que qui se ressemble s'assemble, que les ânes fréquentent les ânes, et par suite les porcs, les porcs.

Ensuite et d'autre part, si je pouvais les fixer là, ça ouvrirait des horizons stratégiques.

Je m'allongeai dans la neige, dans le sous-bois, et commençai à grelotter sérieusement. J'étais à cent mètres d'eux, à peine ; entre les arbres, je voyais la Toyota arrêtée contre la porcherie, Francis Boyer qui faisait les gestes de quelqu'un d'exaspéré, son frère qui faisait des gestes de la main, le commissaire divisionnaire Claude Tourouvre et un type aux allures de Néron décadent, tempes grises, manteau ridicule dans ce décor, chapeau noir à bords roulés. Ce type-là devait être Carvallo.

Présence derrière moi : Sam. Je levai la main. Sam aussi était déguisé en blanc. Un bon point pour lui. C'était dommage de ne pas pouvoir entendre ce qu'ils racontaient. Ça faisait juste des éclats de voix quand l'un des deux Boyer visiblement en avait marre d'entendre des conneries.

Il n'y avait plus qu'à se casser discrètement et réfléchir comment on allait leur tomber dessus à la nuit tombante. Assez enfantin, finalement.

Il y eut un nouveau bruit de voiture. Décidément, cette porcherie était en train de devenir le dernier salon où l'on cause. Apparut une R18 break 4 x 4 noire et un type en descendit. Un type blond, plutôt grand, au visage émacié. D'après ce que je pouvais voir dans l'optique des jumelles, c'était un visage que je n'avais jamais rencontré.

— Jumelles, dit Sam en ouvrant à peine les lèvres.

— Cette ordure, dit Sam une seconde plus tard.

Tiens, Sam avait l'air de connaître. Il était temps d'aller déjeuner.

Je restai un moment sous la douche bouillante, ce qui fit que je cessai assez vite de claquer des dents.

— C'est qui, le blond ? demandai-je à Sam en sortant de la salle de bains.

Et avant même de me servir ce bourbon auquel je rêvais depuis un bon moment.

— On déjeune ?

Danielle était blanche comme un lavabo fraîchement récuré. Ou comme quelqu'un qui n'a pas bien dormi parce qu'il se passe des choses ? Hein ? Peut-être ?

— Ouais, ouais, on déjeune, dit Sam.

— Comment pensez-vous à bouffer ? demanda Danielle.

— Il faut profiter du temps que nos assiégeants nous donnent, voyons.

J'emportai mon verre de bourbon dans la cuisine et décidai de faire une des boîtes de tripes au Riesling engrangées par Sylvain dans un placard. Il me semblait que je pouvais lui emprunter une boîte de tripes au Riesling. Une boîte de tripes contre un piano Pleyel, une table demi-lune, de l'argenterie anglaise du XIXe, une armoire bourguignonne et deux fauteuils Directoire, ça faisait le kilo de tripes, même au Riesling, à un prix étonnant.

— Le Villain s'est suicidé, dit Sam.

— Je sais. Entendu ça à 9 heures, dis-je depuis la cuisine en me demandant où pouvait bien être l'épluche-légumes.

Peut-être que Sam me dirait qui était le blond avant de prendre sa retraite, sait-on jamais ?

— C'est qui le blond, Sam ?

— C'est Abel.

Il avait un ton consterné et je trouvai l'épluche-légumes.

— C'est qui Abel ? Abel comment ?

Sam s'encadra dans la porte de la cuisine, son verre à la main.

— Abel le Stéphanois. À l'époque, il était le second de Carvallo à Lyon. C'est lui qui a fait ça à la petite.

D'accord, on voyait.

— Je crois qu'il est encore plus ordure que Carvallo.

— Mais il est plus con, dis-je pour consoler Sam. Sinon, il serait Carvallo et Carvallo serait son second.

— Il était en taule et il est ressorti.

— Ça finit souvent comme ça, fis-je.

— Il ne sera pas comme les Boyer, lui. Il va foncer et on n'aura pas fini tes tripes de merde qu'il sera là. À nous arracher les nôtres, de tripes.

— Tant mieux.

— Hein ?

— Je dis : tant mieux.

— Pourquoi tant mieux ?

— Parce que ça va faire de jolis conflits entre les deux Boyer et lui. Ne sont jamais allés en taule, les Boyer. Doit y avoir une raison, non ? J'espère même que c'est lui qui, dans leur camp, va l'emporter et pas les Boyer.

— Je ne te comprends plus. J'y pige que dalle à ton truc.

Je n'avais pas envie de lui expliquer à quel point les Boyer étaient des manœuvriers redoutables et comment je trouvais superbe qu'ils aient un con prétentieux dans leurs jambes. Et Lancia disparue. Sans le savoir, Carvallo arrangeait bien mes petites affaires et je commençais à voir une issue. Et les Boyer me connaissaient, savaient très bien qui avait fait disparaître la Lancia qu'ils s'étaient prévue, savaient que je devais avoir encore un certain nombre de gamineries de ce genre très disponibles.

Et je comprenais que Sam avait *peur* du mec qui s'appelait Abel le Stéphanois. Sentiment ruineux.

Nous nous attaquâmes aux tripes sans mot dire et le téléphone sonna à 2 h 05. Ils ne coupaient pas la ligne pour pouvoir nous parler. Gentil. Délicate attention. Est-ce que moi, je commençais à avoir peur ? Réponse : oui, pour Danielle.

— *Ja* ? fis-je dans le combiné.

— Y a le Stéphanois, dit Gilles Boyer, qui avait la bouche pleine.

— Eh bien, bon, ça ne se déroule pas comme vous vouliez ? Il veut attaquer cette semaine, cet après-midi ou dans quinze ans ?

— C'est toi qui as piqué la Lancia, hein ?

— Les clefs de Lancia sont très jolies, finalement. Dépêche-toi, mes tripes refroidissent dans l'assiette, et après ce n'est plus bon.

— Prends la Lancia et cassez-vous, dit Gilles qui, comme à son habitude, devait se curer la dent creuse en bas de son maxillaire inférieur.

— Gilles ?

— Hein ?

— Tu peux être sûr que je n'oublierai pas ça. Tu peux être sûr aussi que je vais me taper Carvallo.

— C'est ce que dit Francis. Mais il dit toujours des conneries.

— Je préférerais que vous soyez avec moi, dis-je en m'en voulant déjà de mes propres paroles. (J'ajoutai :) Et pas seulement pour la puissance de feu.

— Laisse venir.

La tonalité revint sur la ligne. Gilles Boyer avait raccroché très rapidement. Sam avait secoué ses tripes et ses patates, allumait une cigarette, visiblement pris dans une angoisse dont il n'arrivait pas à se défaire. Un karatéka de cent trente kilos angoissé. Trop.

« Qui ? » demandaient les yeux de Sam.

Ceux de Danielle non moins.

— Gilles Boyer, qui commence à voir dans quelle merde il est. Ils ne savent pas comment s'y prendre et ils ne savent pas comment on a pu apercevoir qu'ils avaient choisi la porcherie de Sylvain comme point de départ.

Et ça revenait comme un leitmotiv : quand j'aurais terminé le flic marron, il me faudrait aussi la petite salope. Et qui avait écrabouillé Sanguine ?

Je convainquis Sam d'attendre jusqu'à 17 h 30.

Vers 4 heures de l'après-midi, le ciel se couvrit de nouveau à toute vitesse, la neige venait en même temps que la tombée du jour, rendant les contours des choses fluides et mous. Elle tomba d'abord par petits flocons, puis se mit à faire dans l'épais.

À 5 heures, je me demandais si la Lancia pourrait s'arracher de cette neige à l'endroit où elle était. Puis j'expliquai à Danielle comment la rejoindre, cette belle voiture.

— Tu ne peux pas te tromper, Danielle. C'est tout le temps tout droit, et quand tu arrives sur la route... enfin le chemin qui est au faite, tu tournes à gauche.

— Oui, j'ai compris.

Elle ne me regardait pas.

— Danielle.

Elle leva les yeux et c'étaient les yeux de quelqu'un qui a vraiment peur.

— Vas-y.

— J'aurais voulu rester avec toi.

— Va vite, maintenant.

Elle emportait les trente briques de Judas que ce chien de

Carvallo avait refilées à cette crevure de Sylvain et quelques intéressantes cassettes vidéo.

— J'ai peur, tu sais.

— Je crois que maintenant on en est tous là.

Ça eut l'air de la soulager que moi aussi j'aie peur. Curieusement, je n'avais pas peur du tout à partir du moment où elle était hors jeu.

Je la suivis des yeux un bon moment, disparaissant courageusement dans la neige. Il fallait maintenant faire des vœux pour que la Lancia veuille bien ne pas patiner interminablement, se foutre en travers, rester dans une ornière ou des choses de ce genre.

Sam semblait avoir moins peur. À 6 heures moins le quart, la nuit fut complète et je me demandais si je me souviendrais assez pour aller comme ça, sans lumière et dans la neige.

— J'aurais cru qu'Abel attaquerait tout de suite.

— Tu sais bien qu'on l'aurait secoué à l'instant même où il mettait le nez hors du bois, Sam. Il n'est quand même pas entièrement abruti.

Bien entendu, nous n'avions allumé aucune lumière et ne restait plus que la lumière du feu. Soudain, je conçus que j'avais vraiment envie de quitter cette maison et de n'y revenir jamais. Cette fois était certainement la dernière et la petite Danielle pataugeait dans la neige.

Merde.

J'étais à cinquante mètres de la porcherie, éclairée maintenant. Le type qui soignait les cochons, sans doute. Où étaient passés les autres crétins ? On ne distinguait vraiment rien dans la neige et la nuit. S'ils n'étaient pas là, où donc étaient-ils ? Avaient jugé la place imprenable et étaient retournés voir comment ça se passait ailleurs ? Tu penses.

Ou étaient allés chercher du renfort. Mais il est vrai qu'il n'était que 6 heures. Devaient en être à l'apéritif, quelque part, Carvallo expliquant de grotesques plans de bataille.

J'arrivai à dix mètres, distinguai la forme d'une R5 garée à côté des bâtiments. Les imbéciles supposaient certainement que j'avais dormi tout l'après-midi à les attendre. Ou que je m'étais mis au travail comme en avait l'habitude Francis Boyer : me ronger les ongles en me demandant quand ils viendraient me régler mon compte. Les deux Boyer savaient assurément qu'il n'en serait rien. Comment n'y aurait-il pas un des deux Boyer dans le secteur, attendant lui aussi, isolé dans la neige et la nuit ? Donc on allait s'entre-tuer avant même que rien ne commence.

Dans l'apocalypse de cette nuit interminable. Où vous sombrez à jamais ? se demande Christian Vander en un poème qu'il rêva dans la nuit du 8 au 9 juillet 1970.

Très bien. Pas encore interminable.

Dans la porcherie, les lumières s'éteignirent successivement, une silhouette hâtive et hachée par les traits de neige fila vers la R5. Le spécialiste du cochon industriel appelé à la rescousse par ce chien de Sylvain retournait au chaud.

Où était celui des deux Boyer qui traînait dans le secteur ? Je voyais bien Francis, avec son ombre de moustache et ses flingues de précision. Il n'était pas dans la porcherie, il était dehors, flairant que j'allais arriver avant, imaginant que j'avais repéré leur combine le matin. Peut-être pas juste. Mais c'est en pensant comme ça que les chances de demeurer vivant augmentent.

Ou bien il était dedans et me servirait quand j'entrerais renifler les gorets.

Dehors ? Dedans ? Va savoir. Il est urgent d'attendre et d'oublier que tu as froid à en crever, que tu as envie de fumer et bien d'autres choses encore. Surtout, ne pas penser à Danielle. Sam devait avoir terminé son mouvement, c'était

Francis Boyer et il serait dehors. Il serait même exactement de l'autre côté de la route et offrirait maintenant son dos à Sam. Mais comme ils ne se voyaient ni l'un ni l'autre, ça ne changeait pas grand-chose.

Je contournai la mare de lisier, allai le long des bâtiments. Les petits cochons faisaient dodo. Émouvant, non ? Et un peu redondant, Christian Vander, par moments.

L'échelle se trouvait là où elle était toujours. Elle ne montait pas tout à fait jusqu'au toit et ça me fit faire un peu d'exercice. Mais enfin j'y parvins, parvins aussi à retirer l'échelle.

Je pensais être de nouveau contraint à poireauter sur mon toit de tôle, glissant comme pas permis, un long moment, à grelotter et à me demander si je ne m'étais pas trompé, si c'était bien par là qu'ils avaient décidé d'arriver et autres choses qui vous perturbent, mais non : la Toyota Station Wagon arriva, roulant en veilleuse. Avec le vent et la neige, je perçus qu'elle était là au dernier moment, sans avoir rien entendu.

Je rampai jusqu'au bord du toit, je fus à quatre mètres au-dessus d'eux. Ils étaient quatre. Ça voulait dire Vuidos (qui ne devait pas être à son aise), Carvallo (qui se déplaçait en personne, s'il vous plaît), Gilles Boyer (qui devait persister à ne pas être d'accord, mais qui suivait quand même) et Abel (dit le Stéphanois, l'homme qui faisait peur à Sam Perez).

J'avais eu raison : Francis Boyer était déjà dans le secteur. J'avais même tellement raison qu'il surgit de nulle part, gueulant :

— Planquez-vous, bandes de cons, ils nous attendent !

Merde.

— Où ça ? demanda une voix.

Celle de Carvallo, peut-être.

— Sais pas, moi, sur le toit de cette merde, par exemple.

Hé, hé, futé, le camarade. Je me gardai bien de bouger, commençant enfin à m'amuser, attendant Sam pour que la fête commence.

— Vaut mieux battre en retraite, Carvallo, entendis-je.

Vuidos, ça.

— Ah oui ? Et on les aura comment, ensuite ? Connard. Non, on fonce. S'ils étaient ici, ils nous auraient déjà tirés.

— Tu ne connais pas le type, Carvallo, dit Gilles Boyer. C'est pas parce qu'il n'a pas encore tiré qu'il n'est pas là. Il est au-dessus de ta tête de chien et il attend le moment où il va vraiment se faire plaisir. Je vais te dire et te répéter ce que je t'ai déjà dit : ça fait un bon moment qu'il a mijoté de nous voir nous ramener comme ça, et en ce moment il se marre, attendant d'expédier la purée sitôt qu'on sera dans son champ.

— Eh bien, déloge-le, si tu es si malin.

Vraiment rigolos. À part mettre le feu à la porcherie... Ce n'était pas le genre de choses qui gênerait beaucoup Carvallo, mais il leur manquait les ingrédients.

Et le flic ? Merde, manquait le flic.

— Non, mais dis, tu vas te mettre à écouter les conneries des Boyer ?

Où était le flic ? C'était lui, d'abord, que je voulais ; je voulais disperser son corps dans la neige. Je me dis aussi que j'allais essayer le maximum pour ne pas détruire les deux Boyer. J'allais avoir du mal : Carvallo avait bien trop d'ascendant sur eux, même si ça commençait à les énerver passablement et que Francis Boyer, n'aimant pas passer pour un con, il devait avoir les oreilles chauffées par le nommé Abel. Et Carvallo voulait prouver à Abel qu'il n'était pas si vieux que ça, qu'il était très bien capable de mettre la main à la pâte, etc.

Les contraintes de la vie de chef de gang, ça. Très triste.

— Allez, on fonce, dit Carvallo. Ça va bien les conneries et on va en terminer. On est bien assez.

— Il est sur le toit, dit Gilles Boyer.

— Tu dis des conneries, il nous aurait tiré dessus depuis longtemps.

Gilles ne dit rien, sachant (ou devinant trop) comment je les attendais groupés.

Par moments, quand les bourrasques de neige étaient dans la direction, l'odeur effroyable du lisier de porc montait jusqu'à moi. Je fixai la grenade de 62 mm sur l'Armalite.

Au moment où Carvallo, fin stratège, prenait une forte décision parce qu'il devait commencer à se geler.

— Restons pas groupés, dit-il. Vuidos le premier, Francis, moi, Gilles et Abel.

Abel en serre-file. Gilles Boyer ne devait pas trop apprécier d'avoir dans le dos Abel le Stéphanois, qu'il n'avait l'air d'apprécier que modérément.

15

Carvallo avait vraiment dû allonger un maximum pour que les Boyer obéissent si bien. Du haut de mon toit, je ne voyais rien et n'entendais plus rien. Mais côté vue, on allait voir des choses, et côté audition, ça allait être très musical.

Je tirai la grenade sur la droite de la mare de lisier ; je voulais leurs corps déchiquetés, et qu'ainsi déchiquetés, de la merde et de la pisse de porc viennent les recouvrir. Ça faisait un moment que je voulais ça.

La grenade explosa, alluma follement de rouge et de jaune la neige blanche et la nuit grise, transforma le lisier de porc en horrible raz de marée. La lumière instantanée montra aveuglément trois corps qui partaient en l'air. Le mouvement épais et mou du lisier démarra ensuite, recouvrant et la neige et les trois corps déchiquetés sur place. Torrents de vent apportant l'odeur.

Étaient donc trop près de cet océan de merde. En dessous de moi, dans la tempête, quelqu'un appuya sur la queue de détente d'une arme de poing. Mes oreilles devaient être bleues. Où donc était Sam ? Ce n'était pas lui qui avait tiré, j'aurais vu quelque chose s'allumer dans le sous-bois. J'hésitai, renonçai à mettre une nouvelle grenade.

Il était temps que je redescende de mon perchoir. Le bruit avait rendu les porcs, au-dessous de moi, fous.

Abel le Stéphanois aussi, était devenu fou : la balle de Gilles Boyer (qui donc d'autre ?) avait certainement été tirée de trop loin. Abel le Stéphanois l'avait gardée quelque part dans la tête, hurlait, debout au milieu de la neige.

Son bras, armé d'un pistolet automatique à la nature indistincte, s'agitait follement. Trois coups partirent vers le ciel. Abel avait eu un œil traversé, le visage couvert de sang, le cou et les vêtements aussi. La balle de Gilles devait être coincée entre la boîte crânienne et le cerveau, ce qui devait faire sur ce dernier d'intéressantes pressions. Gilles, de l'autre côté du chemin, était une vague silhouette pétrifiée.

Très curieusement, le fou fit un demi-tour furieux sans tomber, fonça sur la porte de la porcherie, l'arracha d'un geste dément, se remit à tirer, flammes dans le noir.

Je filai derrière lui, oubliant Gilles Boyer apparemment toujours pris dans la glace (après tout, c'était peut-être ça ?), décidé à terminer le fou, allumai la lumière.

C'était une porcherie vraiment moderne. Abel le Stéphanois avançait au milieu des hurlements aigus et infernaux de huit cents porcs fous de terreur. Un énorme verrat – ces choses qui, de l'avis des connaisseurs, peuvent peser jusqu'à quatre cent cinquante kilos – terrorisé défonça la porte métallique qui l'enfermait. On ne met jamais deux verrats ensemble, ils s'entre-bouffent. La chair humaine, dit-on, a le même goût que la chair porcine : même fadeur. Mais faut-il s'en tenir là dans la comparaison ?

Le monstre avait donc des yeux porcins (tiens ? comme c'est curieux) et fonça sur Abel le Stéphanois qui s'effondra sous le poids. La bête s'attaqua à la gueule du Stéphanois, se mit à le bouffer, attaquant en plein visage, affolé par le bruit et le goût du sang.

Je décidai que j'avais droit à une cigarette filtre pour cacher l'odeur.

Gilles Boyer fut derrière moi, vit, dit :

— T'es malade, arrête ça.

— C'était un type qui aimait beaucoup torturer des filles de 16 ans, les violer, les vitrioler et les tuer. Peut-être un peu de publicité autour de son destin diminuera-t-il la cruauté ambiante. A-t-on jamais vraiment essayé ?

— Tu es complètement cinglé.

Gilles Boyer se souvint qu'il avait à la main un excellent revolver Taurus modèle 65 et tira sur le monstre une balle de .38.

À dix mètres, la balle de .38 attrapa une épaule, mais ça ne fit pas grand-chose au cuir de la bête infernale.

Sauf qu'il abandonna son horrible manger et poussa un cri ahurissant. Et nous vit. Se mit donc à nous foncer dessus, en voulait sans doute plus pour son festin.

Je vidai le chargeur de l'Armalite : il ne faut donc pas déclencher les puissances nocturnes et bestiales. Il goba la moitié du chargeur, mais ce qui coupe un homme en deux n'arrête pas quatre cent cinquante kilos comme ça.

— Merde, dit Gilles, merde !

Il y eut une pause, parce que le monstre était quand même secoué et perdait du sang d'un peu partout. Les autres bêtes faisaient un bruit effarant.

Je vissai une nouvelle grenade. À tirer en tir tendu à cinq mètres ? Non, hors de question.

Les yeux de la bête devenaient vitreux. Mais peut-être que je croyais ça.

Gilles, dans mon dos, songea à reculer vers la porte. Vint son encoignure. Je m'agenouillai et tirai, bien à l'abri, cette grenade. Nouvelle version de la charcuterie.

Nous contournâmes donc un joli mélange de corps

humains broyés, horrible odeur de lisier de porc remué jusqu'au fond, salopant la belle poudreuse sur cinquante mètres alentour.

Et où était Sam qui, depuis le sous-bois, devait assurer la protection ? Cette question devait avoir la même solution que celle qui consistait à se demander où était le poulet : ils avaient dû se rencontrer, là-dedans à ma droite. Peut-être même avant que je commence à tirer des grenades dans du lisier de porc. Ça devait faire un moment que je voulais ça. *Inter facces et urinas nascimur*, nous naissons entre pisse et merde, aimaient à rappeler certains théologiens médiévaux. Moi, il me semblait que dans le cas de ces ordures, j'avais retourné la maxime : non contents d'être nés comme tout le monde entre pisse et merde, ils étaient également morts de similaire façon. Je n'exposai pas ce point à Gilles Boyer, mais m'arrêtai dans la neige, tout en sachant trop qu'il ne fallait pas traîner. Entre Gilles et moi, il y avait toujours eu une sorte de méfiance admirative et respectueuse.

— Gilles ?

— La merde, le type.

Significativement, il ne voulait pas parler de son frangin.

— Francis a fait le con une dernière fois, il ne fallait pas accepter la combine de Carvallo.

Ah, si...

— Faut y aller, Gilles, maintenant.

— On a not' temps, dit Gilles. Clermont-l'Hérault... c'est ça, ce bled, hein ? oui, est privé d'électricité et de téléphone depuis deux heures de temps. Et le temps qu'ils trouvent la panne...

— Conneries, Gilles. Ils ont la radio, voyons.

Il faisait n'importe quoi, Carvallo. Enfin, il avait fait.

— C'était une idée de Carvallo ?

— Bien sûr. Il ne fallait pas accepter la chiotte combine

de ce con. Tu m'as repéré ce matin, t'étais déjà déguisé en bonhomme de neige, hein, c'est ça ?

— Je n'avais pas envie de faire des mots croisés. Surtout avec vous deux dans les parages.

— Bien sûr.

— Où est le flic, Gilles ?

— Il a trouvé une bonne excuse pour se tirer et Carvallo a vu qu'il ne pouvait pas faire autrement. A dit qu'il lui fallait remonter à Paris. Pas envie de savoir pourquoi, mais ces deux-là se tenaient réciproquement. J'sais pas quelle combine, mais ça devait être gras et pas triste.

— C'est pas triste, en effet.

Nous fûmes à l'endroit où il fallait tourner à gauche pour retrouver la Lancia. Si le poulet véreux était remonté à Paris, qu'était devenu Sam ?

Sam qui avait eu peur d'Abel le Stéphanois. Je raconterai peut-être à Sam la façon dont Abel le Stéphanois avait terminé sa carrière. Je ne raconterai jamais ça à Sam, voyez-vous. Le flic pourri avait certainement surpris Sam, parce qu'il n'était pas plus parti à Paris que moi.

Il devait rôder dans le coin.

— Gilles ?

— Je rentre. Et tu ne vas pas me faire rentrer à pied.

Et il mit un temps, pendant que la neige cessait net de tomber et que le ciel d'un même mouvement déchirait ses nuages. Un coup de tramontane allait avoir le bon goût de nettoyer tout ça en deux heures.

Ne comprenait pas vraiment, Gilles Boyer. Mais comprenait des choses aussi. Que j'avais adopté sa Lancia. N'avait qu'à adopter ma Range Rover, non ? Celle qui était garée dessous le mas Fontès avec des choses qui se passeraient quand on changerait de vitesse. Ça ferait une marche arrière d'un nouveau genre, lumineuse, expansive et chaude.

Je décidai donc, dans le froid et sous les étoiles apparaissant avec une extrême netteté, d'envoyer Gilles Boyer essayer la Range Rover.

— Les clefs sont sur le tableau de bord, dis-je.

Je laissai un temps, je dis encore :

— Il y a un flic qu'il me faut. Tu me suis ?

— Écoute, ça suffit peut-être, non ? T'as eu mon frangin, t'as eu tout ce que tu voulais, hein ? Alors merde.

Il avait l'air haineux, et donc il n'y avait plus grand-chose à faire. Ou à espérer.

— Tu as tort, Gilles.

— C'est bien. *Ciao.*

Il partit vers la Range, et moi je partis vers la Lancia. Rôles inversés, somme toute.

— Les cochons, entendis-je encore.

Mais à qui s'adressait-il, et au juste de quoi pouvait-il bien parler ?

Je faillis lui dire ce qu'il en était de cette marche arrière. Et puis non. Je n'avais pas envie de lui dire, n'avait qu'à pas fréquenter des gens comme Carvallo. Ou encore c'était l'ordre des choses, le fameux et célèbre « ordre des choses ».

Tu parles.

Je comptai qu'il faudrait aux flics une bonne demi-heure encore avant d'être sur place. Merci, madame la neige. J'attaquai la pente raide, bientôt en sueur, et à mi-côte, je m'arrêtai pour voir ce qui allait se passer avec la Range.

Il ne se passa rien et au bout de cinq minutes, je distinguai la silhouette noire de Gilles montant vers moi au petit trot. Dire que l'animal s'envoyait deux paquets de cigarettes par jour et ne semblait pas même essoufflé quand il fut à côté de moi pour dire :

— Espèce de salaud.

— Puisque tu as deviné, me surpris-je à rire.

— C'était pour qui ?

— Je ne savais pas trop. Et on ne peut la déloger, hein ?

— Ça va, ça va. Où est la Lancia ?

— Un peu plus haut à gauche.

Je me mis à penser très fort à la petite Danielle, songeai au flic, fus pris de soupçons. Quand nous fûmes au faite et qu'il fallut tourner à gauche pour rejoindre la Lancia, mes conclusions étaient arrêtées. J'expliquai ça à Gilles.

— Et alors maintenant, tu crois qu'en plus je vais te donner un coup de pogne dans ton bordel ?

— Les poulets seront là dans un petit quart d'heure.

Il secoua la tête en faisant une grimace déprimée, fit :

— Bon. De toute façon, y a rien d'autre à faire, c'est ça ?

— C'est ça.

— Roule.

Si tout se passait bien, on pourrait utiliser la Lancia jusqu'à Ax-les-Thermes. Là, je téléphonerais à Loïs qui viendrait nous chercher dans sa Fiat andorrane et je voyais mal qu'on ait du mal à passer la frontière dans une automobile d'un haut fonctionnaire du principat. Je ne savais pas ce que Loïs penserait de Danielle, mais Loïs est tout sauf jalouse.

Avec toutes ces jolies spéculations, je fus à la Lancia. Quelqu'un avait enlevé la neige et il n'y en avait pas assez dans le sous-bois pour que la voiture ne passe pas. Il y avait donc bien la voiture, mais pas du tout de Danielle. Mais ça faisait partie de mes conclusions.

— Je te vois et tu ne me vois pas, dit la voix du flic à ma gauche. Et ta minette, je lui braque un .45 dans les reins, là où ça fait très mal avant de crever. Tu vas poser très gentiment ton flingue par terre.

Il fallait laisser le temps à Gilles de contourner ce chien et il fallait faire parler le chien pour que Gilles le situe bien.

— Je ne t'ai pas entendu descendre Sam.

— Je l'ai fait au couteau, dit-il en riant, satisfait. Pouvait bien être balèze, il m'a même pas entendu venir.

Il rit encore, dit :

— Ouais, tu vois, petit con, vers 4 heures, j'ai dit à cette bande de connards que j'étais obligé de remonter à Paris parce que j'avais compris que tu avais planqué la Lancia. À Clermont-l'Hérault, j'ai acheté une carte précise et... Pose ton flingue. À cinq, je flingue ta gamine.

— Et moi, je te coupe en deux immédiatement après, flic. On est mutuellement coincés.

— Je te descends avant.

— Tu rigoles, poulet.

— Et j'ai les cassettes et les trente briques que t'as raflées à ton pauvre con de copain.

C'était un type qui voyait des cons partout, semblait-il.

— T'es vachement malin, fis-je.

— N'est-ce pas ? Je me débrouille pas trop mal, hein ?

Il avait l'air ravi. Pendant que l'imbécile se votait des félicitations, Gilles le contournait. Bon, si je me laisse désarmer, il nous descend tous les deux, ça ne fait pas un pli.

— C'était quand même malin de ta part de te déguiser en bonhomme de neige, continuait-il. Mais pas assez malin pour moi.

C'est ça, c'est ça, continue à parler, flic, vas-y.

J'avais toujours cru que la forfanterie était un défaut des truands et je pouvais observer que c'était aussi le cas des flics. Quoique encore que celui-là, comme flic... C'était quand même un cas peu courant, heureusement pour l'honneur de la police française, non ? Merci. Bon. Je distinguai Gilles un court instant pendant qu'il passait la route dans le dos du poulet.

— Ah, et tu ne sais pas le plus drôle ? On a retrouvé le chauffard qui a bouzillé ta négresse. Tu ne devineras jamais qui c'est. Un universitaire, mon vieux. Et je crois que tu avais raison, ça doit être l'amant de Judith. Ça vaut mieux pour elle que son minable de mari.

— C'est toi qui l'as fait descendre, flic ?

— Mais non. C'est une connerie de Carvallo. Je lui avais dit que c'était mon gendre... Oh, mais tu essayes de me faire parler, hein ?

Plutôt lent, en fait, notre national poulet marron. Gilles devait être à deux mètres derrière le dos du poulet.

— Eh, mec, dit Gilles assez fort. Par ici.

Mouvements divers, je ne voyais rien, sauf la flamme de départ du .45 du flic tirant derrière son dos. Lâchant Danielle, sans doute ? Un hurlement (masculin), deux nouvelles flammes, plus à droite, Gilles, ça, je me jetai à terre, roulai, me relevai, filai dans le sous-bois, silence.

Ça allait finir mal : on s'entre-tue facilement dans la nuit.

Mouvements légers sur ma droite. Dans ce genre de situation, il est convenable d'avoir l'oreille fine. Sur ma droite, donc. Et donc, donc. Donc le flic ou Gilles ? Gilles plus à gauche, peut-être.

Et Danielle commit l'erreur de bouger, tout à fait à gauche derrière moi, ce ne pouvait être qu'elle. Le flic qui avait dû décider de tirer sur tout ce qui bougeait tira donc et Danielle poussa un gémissement. Touchée, Danielle, merde, merde.

Saloperie, je sentais venir ça depuis très longtemps. Je vidai un chargeur dans la direction.

L'Armalite AR-18 me secoua modérément, en fin de compte. Les Sellier et Bellot blindées furent poussées hors du canon à plus de mille mètres par seconde, bruit furieux, douilles sortant à sept cent cinquante coups par minute. Faites une règle de trois pour un chargeur de vingt cartouches.

Je m'autorisai à me servir de la lampe torche qui illumina

crûment en blanc la neige et les arbres menaçants. Comme le poulet, je l'avais tiré à dix mètres, et qu'il avait pris en charge la moitié d'un chargeur, ça avait provoqué quelques effets ruineux dans son anatomie. Déchiqueté, le poulet qui se croyait malin, avait doublé tout le monde. Répandu sur la neige, du sang partout, désarticulé. Je regrettais seulement qu'il n'ait pas eu droit à sa dose de lisier pour l'ensevelir dans le linceul de merde que méritait pourtant singulièrement son abjecte existence, mais rien n'est parfait.

— Ça a marché, dit Gilles Boyer.

Je ne répondis rien. Où était Danielle, maintenant ? Et il était temps, plus que temps de s'arracher.

— La bagnole du flic est un peu plus loin, sur le chemin. Enfin, je pense que c'est sa bagnole, une R11 turbo.

— La petite est quelque part et blessée, dis-je.

— Ah, tu crois ?

— Je suis ici, dit-elle un peu à gauche dans la nuit et le vent qui commençait à faire voler la neige. Je ne peux pas bouger.

On la trouva à la seconde même, le côté plein de sang.

— Je n'ai pas mal, tu sais. Et il y a des étoiles.

Allongée dans la neige.

— Et je n'ai pas froid non plus. Mais je vais mourir, maintenant, je crois. Tu veux bien m'embrasser ?

Le goût salé des larmes fut dans ma bouche.

— Amène la R11 du flic le plus près possible, dis-je à Gilles. Il n'y a rien de perdu, on ne dirait pas que le poumon est touché.

L'horreur. Si la petite Danielle y restait, ce serait ma faute. Confirmation de ce que j'avais pensé il y avait maintenant très longtemps : on est responsable de ce qu'on apprivoise. D'où venait l'hémorragie et comment l'arrêter ? Qu'avait fait cette salope de balle de .45 dans le corps si joli de la petite Danielle ?

Gilles Boyer me regardait pleurer continûment et en silence, ne disait rien, comprenait. Ou bien ne comprenait pas et je m'en foutais.

— Éclaire-moi, je vais la porter dans la bagnole.

Nous installâmes Danielle dans la voiture du flic, ses lèvres étaient blanches.

— Tu peux prendre la Lancia, maintenant, Gilles. C'est fini.

— Installe-toi derrière et parle-lui. Moi, je vais conduire.

Je basculai le siège avant où était Danielle pour qu'elle soit le mieux possible et me mis à lui caresser les cheveux. Gilles s'occupa à conduire comme un dément dans la neige.

Je pris le poignet de Danielle et me mis à compter des choses. Les hommes ont le pouls qui traîne autour de soixante par seconde, les femmes vers quatre-vingts. Gilles avait des idées pour conduire dans la neige sur des routes minuscules que je lui indiquais pendant que le pouls de Danielle était à quatre-vingt-seize. Nous fûmes sur la 608 bien dégagée vers Bédarieux, un peu plus de 21 heures et pouls à cent dix-sept dans ma main.

Dans Bédarieux, je ne me trompai pas, et à Lamalou-les-Bains le pouls de Danielle était à cent vingt-trois. Mon bras gauche de bonhomme de neige était recouvert de rouge et elle respirait bien trop vite.

— Ça ira. Elle est très faible parce qu'elle a perdu beaucoup de sang, mais je crois que ça ira.

Il laissa un silence, dit encore :

— Ça ira. Ça fait une vilaine blessure, il y a deux côtes de brisées, la plèvre est très abîmée, on dirait. Mais c'est ressorti. L'important est que ça ressorte.

Nouveau silence.

— Il était quand même temps que vous arriviez.

Gilles Boyer lisait des journaux de mode dans la salle d'attente.

C'était un type blond avec une barbe hirsute et rare qui ne devait pas avoir bien loin de 50 ans. Veste usée qui jadis avait été un noble blazer, chandail d'un horrible vert délavé mais qui portait encore la marque de Paco Rabanne, et pantalon avec poches aux genoux comprises d'un marron atroce. Il s'appelait Xavier Lorrain et exerçait la difficile profession de médecin de campagne.

Danielle s'était remise à saigner abondamment une petite demi-heure après Lamalou-les-Bains et le pouls était soudainement redescendu à soixante, puis à cinquante-cinq. Le cœur n'allait pas tenir, je voyais ça d'ici.

C'était donc un bled sur la nationale 112, peu après Saint-Pons, avant de descendre vers Carcassonne, et la plaque de cuivre avait lui dans les phares une seconde, au moment où Gilles s'apprêtait à prendre un virage très serré à droite dans ce village vide, pluvieux et froid.

— Là, avais-je dit. Un toubib.

Gilles avait reculé comme un fou, je m'étais retrouvé à sonner. Il y avait du sang de la petite Danielle qui avait un visage très doux à peu près partout.

— Entrez, avait-il dit dans la lumière triste.

Gilles Boyer avait inspecté partout, observé le téléphone.

Maintenant, Danielle dormait, les lèvres moins blanches, dans le lit d'une chambre qui n'avait pas été utilisée depuis très longtemps.

— C'était la chambre de ma fille, voyez-vous. Elle a été traumatisée, voyez-vous.

Sa fille ou Danielle ? Les deux sans doute, mais pas les

mêmes traumatismes. Non, il voulait parler de Danielle, assurément.

Gilles regardait tout ça, avait le teint jaune. Ou bien c'était la lumière ?

Nous fûmes dans l'escalier couvert d'une moquette bleue qui ignorait l'aspirateur depuis très longtemps.

Derrière moi, Gilles dit :

— Elle va s'en tirer, elle ?

— D'accord, Gilles.

Le docteur Xavier Lorrain nous attendait au bas de cet escalier.

— Gros calibre, hein ?

Il ne me demandait pas pourquoi j'étais en bonhomme de neige.

— Vous savez, ça, il faut que je le déclare à la gendarmerie. Ce genre de blessure... voyez-vous ?

Il disait sans arrêt « voyez-vous ». Après tout, pourquoi pas, *why not*, comme on dit outre-Manche. Et je voyais. En tout cas, il ne disait pas « hein ».

— Tu sais bien que tu ne peux pas, toubib.

Il fixa Gilles, puis moi.

— Oui. Je ne peux pas, en effet. Voulez-vous boire quelque chose ?

— Essaye pas de nous endormir, toubib, prévint Gilles.

Il fit comme s'il n'avait pas entendu et nous nous retrouvâmes dans son salon.

Gilles non plus que moi n'avions montré la moindre arme. Mais il n'était pas idiot.

Whisky pour tout le monde. Temps mort, un de plus.

— Faut rentrer la voiture, dit Gilles.

— Oui, dit le toubib.

Et il n'avait pas peur, se demandait. Les yeux tournèrent vers moi, demandèrent des choses.

— Je m'occupe de la voiture, fis-je.

— Et moi, j'indique au toubib comment il faut qu'il évite le bigophone.

— Voilà.

Je garai la R11 turbo à côté d'une 504 hors d'âge, respirai l'air humide.

— Voulez-vous une omelette aux cèpes ? demanda le docteur Xavier Lorrain.

Gilles Boyer le regarda, fronça un sourcil. Il avait l'air pour l'omelette aux cèpes, paraissait avoir annulé dans sa tête à peu près tout. C'était encore le mieux.

La cuisine du docteur Xavier Lorrain était un ahurissant bordel d'assiettes empilées.

— Depuis que ma femme m'a quitté, je peux enfin manger comme je l'entends, voyez-vous ? Vous reprenez un whisky, peut-être ?

J'allai chercher le whisky, Gilles le regardait faire avec un certain ahurissement. S'il est bien un sentiment trompeur, c'est celui de la confiance en quelqu'un. C'était fou, mais je faisais entièrement confiance au docteur Xavier Lorrain. Beaucoup plus qu'à Gilles Boyer, par exemple, que je suspectais d'agiter des idées dans sa tête de piaf.

— On pourrait les faire à la bordelaise, mais comme ce sont des conserves...

Le docteur Lorrain parlait cèpes.

— Vous allez mettre de l'ail ? demanda Gilles, assis sur son tabouret de formica jaune à côté d'une pile branlante d'assiettes posées sur le lave-vaisselle.

— Jamais d'ail avec les œufs ! dit l'autre, horrifié.

— Ah bon. Moi... Euh, il ne marche pas, votre lave-vaisselle ?

— Non. Ça fait un moment.

— C'est grave ?

— Non, il ne marche pas, c'est tout.

— Je peux jeter un coup d'œil ? demanda Gilles Boyer, respectable tueur.

Et très respecté. Et qui prétendait réparer un lave-vaisselle comme ça, à 11 heures du soir chez un toubib qu'on gardait en otage (il s'en doutait), et Gilles Boyer, donc, réparait le lave-vaisselle dudit.

Je les laissai, allai voir Danielle. Je l'observai un moment, visage blanc sur le blanc des draps et redescendis. Gilles Boyer avait déjà démonté tout le tableau du lave-vaisselle, disait que ce n'était pas grand-chose.

— Vous croyez ? demandait le toubib, sa fourchette pleine d'œuf en train de couler par terre – la fourchette interrogative.

— C'est juste une petite soudure.

Ils commençaient à me faire chier avec leurs histoires de lave-vaisselle.

16

Gilles Boyer accepta une nouvelle omelette, déclara qu'il allait la préparer lui-même et le toubib exposa qu'il s'agissait d'œufs de ses propres poules.

Moi, je buvais son vin, fumais en le regardant. Apparemment il n'avait pas peur, mais se posait des questions, le regard aux yeux verts derrière les lunettes et un morceau de mie de pain en train d'être malaxé par des doigts de paysan.

Il remplit le verre vide de Gilles, se resservit ; il allait y venir. Gilles, dans la cuisine, battait son omelette, il était 23 h 37, mais lui, le toubib, allait y venir. Il y vint, donc :

— Vous pouvez... euh... voyez-vous ? Pourquoi cette jeune fille a eu tout le côté très abîmé par une balle de fort calibre ?

— .45 ACP, complétai-je et précisai-je aimablement.

— Voyez ? Vous avez fait un hold-up ?

— Les banques sont fermées à cette heure-ci.

— Ah, d'accord, très bien, en effet.

Je constatai que jamais je ne pourrais descendre le toubib et que le toubib finirait par téléphoner à la gendarmerie à un moment ou à un autre. Je constatai également que Gilles Boyer, des hésitations, il n'en aurait point. Tout ça pour en venir là. Je devais avoir l'œil vague, j'étais très crevé et très déprimé, grosse envie de dormir. États d'âme, pas le moment.

— Je crois que vous allez me tuer, dit le toubib.

— Mais non, docteur, essayai-je.

— Vous, non. Lui, oui.

— Vous avez un magnétoscope ?

— Ah oui. Ma femme m'a laissé ça.

— Vous savez comment ça marche ?

Il sourit. Il avait peur, cette peur était une absence de peur. Une peur triste.

J'avais envie de lui expliquer, de lui montrer des preuves. Qu'il sache pourquoi tout ça.

— Demain, il faudra changer les pansements.

Je ne lui dis pas que je saurais faire.

C'était rempli de silence et de vide. Si on peut dire. Gilles s'était fait une nouvelle omelette, très réussie, l'omelette.

— T'en veux pas un peu, docteur ?

— Non, merci, dit le docteur Xavier Lorrain, je ne crois pas que j'aie très faim.

On se demandait pourquoi.

Gilles Boyer mangeait, les yeux perdus. Pensait-il à son frère ? Moi, je pensais à Karen Warrenfield, à Sylvain, à Danielle. À qui ne pensais-je pas ?

— Pourquoi un magnétoscope ? demanda le toubib qui, lui, devait songer à sa mort, peut-être.

Qui avait peur de Gilles Boyer. Dans le blouson de cuir de Gilles Boyer, blouson ouvert, on voyait la crosse du Taurus modèle 65. Choses qui impressionnent fortement quand on n'a pas l'habitude.

— Vous montrer une cassette ou deux, docteur.

— Ah ?

Il ne comprenait pas, Gilles non plus qui, exceptionnellement, leva le nez de son assiette. Mais il faut dire que l'assiette était vide. Il vida son verre, se fit les poches, tira un paquet de cigarettes, en alluma une, fit un rot ignoble, dit :

— Quelles cassettes ?

— Celles qui ont commencé à faire des morts il y a quatre ou cinq jours.

Fallait-il tout déballer devant le toubib ?

— Dis voir, dit Gilles Boyer.

Je tombais de sommeil, maintenant. Les flics devaient être partout autour du mas Fontès, en train de spéculer au milieu de la neige sur la nature des morceaux qu'ils pouvaient relever un peu partout, notamment dans le lisier de porc.

— Quand est-ce qu'elle sera transportable ?

— Pas avant dix jours.

Les yeux verts allaient de Gilles à moi.

— Quelles cassettes ? demanda Gilles.

J'allai à la voiture, pris n'importe laquelle de ces saloperies, allai au magnétoscope, compris la manœuvre. Le docteur Lorrain était de dos. Il se tourna. Le malheureux devait supposer qu'il allait regarder un film comique inattendu. Côté comique, il allait être servi. Il se leva, le Taurus fut dans la main de Gilles, le docteur Xavier Lorrain ne vit même pas cela, allant à sa cave pour rapporter des bouteilles entamées d'eau-de-vie blanche. Il se préparait une soirée cinoche avec tout ce qu'il faut pour des chouettes copains. Pourquoi pas un peu de musique, pour mettre de l'ambiance ?

Le toubib avait les *Chorals* de César Franck avec Saorgin à l'orgue de Castelnaudary, qui, donc, n'est pas seulement le pays du cassoulet authentique. Ça allait très bien jurer avec l'ignoble petit spectacle que je leur proposais. Je mis César Franck assez doucement et le spectacle commença. Moi, j'avais déjà vu, je pouvais essayer de goûter les gnôles du camarade médecin efficace et de campagne.

Les images atroces commencèrent donc à défiler. Au bout de

dix minutes de l'incroyable spectacle, Gilles Boyer dit « Merde » et le docteur Xavier Lorrain était d'un très joli jaune pâle. La lumière surnaturelle qu'avait voulu trouver César Franck tranchait très bien. Il me sembla que j'avais un rictus dur. Même Gilles Boyer conçut, fit :

— Arrête.

— Quoi ? La musique ?

— Oh, ça va, hein !

J'allai au magnétoscope, arrêtai les frais. César Franck, lui, continua, pour essayer de nous réconcilier avec le monde.

— C'est pour ça que la jeune femme est blessée, c'est ça ?

Le docteur Lorrain avait l'air ahuri.

— C'est ça.

— J'avais entendu parler de ça, dit Gilles, mal à l'aise. Je croyais que c'était des conneries, bidon.

— Ça permet également de faire chanter trente personnes. Exactement trente et une.

Je laissai un temps.

— Et je vais tuer une femme. Je me suis payé un flic, maintenant je vais me payer une petite nana.

— J'y comprends rien, dit Gilles Boyer.

— Je crois que je commence à comprendre, dit le toubib qui eut un bizarre rictus d'une espèce de vague compréhension dans sa barbe.

Je pris une bouteille sur laquelle était écrit *Quetsche 1967* et me sacquai un verre de cette chose discrète.

— On peut savoir comment t'as mis la main là-dessus ? demanda Gilles.

— À cause d'un poulet mort. Ça a fini chez les cochons. Tu observeras qu'il y a une logique.

Gilles Boyer prit un air entendu et je commençai à me méfier.

— Les mecs qu'on voit, en dehors du spectacle, c'est qui ?

— Les mecs qu'on fait chanter, bien sûr.

Je commençais à apercevoir que Gilles Boyer avait des projets pour se dédommager.

— C'est monstrueux, dit le toubib.

Gilles Boyer se demandait comment il allait mettre la main sur les cassettes et la liste sur le petit carnet au chaud dans ma poche droite.

— Je ne téléphonerai pas, dit le toubib. À personne. Voyez-vous ?

Moi, je voyais. Mais Gilles voyait autre chose, assurément. Belle trajectoire depuis une petite église de Champagne où on enterrait un vieux truand. C'était d'un loin, mais incroyable.

— Je te fais entièrement confiance, toubib, m'entendis-je dire.

Mais j'en étais au moment de la confusion mentale. Je voulais offrir à la petite Danielle des tas de choses et je ne savais même plus quoi.

— Tu vas aller en taule, si on sait que tu nous as hébergés, dis-je.

— Voyez-vous ? Je ne suis pas ignorant des règles de ma profession.

Gilles Boyer le regarda.

Pas question de dormir.

Je me réveillai en sursaut à 7 heures et demie, allongé dans le canapé de cuir du salon, à côté de la table pas du tout débarrassée. Par une présence. Je cherchai spontanément l'Armalite et comptais voir trois gendarmes, le reste encerclant paisiblement la maison. Gilles Boyer avait amené son revolver Taurus à cinq centimètres de ma bouche, visant sans doute une narine. Si je bougeais, il avait certainement l'intention de me faire exploser le cervelet.

— Je vais m'en aller, dit-il.

Il devait vouloir le carnet avec les adresses, comptait reprendre cette ordure à son compte. Valentin aussi avait essayé. Il était mort, Valentin.

— Tu as eu tort de roupiller, fit-il.

— On n'a jamais tort de dormir, ça retape, dis-je en riant.

— T'as toujours réponse à tout, hein ?

— Aux questions connes, toujours. Où est le docteur ?

— J'ai été obligé de lui faire son compte. Tu vois, c'est con, il était sympa, j'ai réparé sa machine à laver et tout. Mais j'ai été obligé de me le faire, tu vois bien ?

Je voyais bien. Il avait tué l'homme *bon*, l'homme dont la main tremblait, un homme d'un très vieux modèle, à peu près introuvable, qui n'avait rien fait, voulait tout faire pour nous. Pour Gilles Boyer également. Et Gilles Boyer était un petit loubard de chiennerie de merde qui me braquait un .38 Taurus sur le cervelet. Et je savais que j'allais tuer Gilles Boyer. Ou que le destin allait s'en charger à ma place. Forcément.

— Toi, je te laisse la peau et la petite ; après tout, c'est pas mauvais. J'veux pas faire un coup salaud à un pote. On retravaillera sûrement une fois ensemble, non ?

Compte là-dessus. Encore un beau rêveur. Qui avait dû étrangler le toubib.

Où est-ce que Danielle avait retrouvé son Bodyguard Airweight ? Quelle force la soutenait ? Hormis la poitrine bandée, elle était nue et tenait cette arme, derrière Gilles Boyer qui n'entendait rien, disait :

— Alors ? Le carnet ? Je vais te descendre et le prendre après, c'est pas un problème.

Je voyais Danielle approcher sur le tapis derrière lui. Elle dit :

— Il a égorgé le docteur avec un scalpel.

Gilles Boyer était à genoux près de moi, menaçant une

narine. Il commença à se retourner, perdant l'équilibre sur ses belles bottes trop glissantes sur un tapis, malgré tout. Danielle tira. À moitié en extension, Gilles Boyer prit la première .38 en plein ventre, partant sur le côté. Son doigt pressa sur la queue de détente, mais le Taurus expédia seulement une balle dans le plafond. Et alors Danielle, un rictus incroyable de tas de choses à la bouche petite et fine, répéta.

Nouveau recul dans la main de la petite fille, nue, avec son énorme pansement, assourdissant départ du .38. Gilles Boyer prit la seconde expansive en pleine tête à cinq mètres.

Ladite tête fut répandue sur la table pas desservie. Des morceaux de matière cervicale allèrent-ils voler jusque dans les verres sales ? Intéressante question.

— Saloperie, dit-elle. Saloperie.

Elle fixait la tête explosée, le sang giclant à de furieuses vitesses, tira une nouvelle balle qui, cette fois, repoussa le corps à moitié sous la table. Je me demandai si elle allait vider le reste du barillet, mais non. Il était grand temps qu'elle s'habille et qu'on soit très loin dans la 504 du docteur Xavier Lorrain.

Comme toutes les autres morts, la mort de Gilles Boyer avait eu sa logique. Mais pas le docteur Xavier Lorrain. Et est-ce que Danielle allait tomber dans les pommes, après un tel effort ? Je l'habillai moi-même et la portai quasiment dans la 504.

Il était huit heures moins le quart, l'heure des croissants chauds, sans doute.

Pour un après-midi de novembre, Paris avait droit à un temps superbe et doux. Danielle regardait la circulation sur le quai Voltaire, telle qu'elle est à midi, buvait du diabolo-cassis, chose infâme. Je terminai mon demi. Son regard revint vers moi. Quinze jours de repos sous le soleil andorran lui avaient donné de plus belles couleurs qu'une balle de .45 ACP tirée par un poulet marron. Les cassettes monstrueuses et le joli carnet relié en cuir fauve reposaient dans un coffre-fort au Crédit Lyonnais de Perpignan. Je comptais les y laisser moisir.

Ou bien peut-être donnerais-je toutes les indications voulues à un représentant traditionnel de la morale sexuelle traditionnelle pour qu'il fasse des choses ?

— Tu y vas ? demanda Danielle.

Je ne savais pas ce qu'elle en pensait, elle ne disait rien.

Je fis oui, me levai.

— Il vaut mieux que je n'y aille pas, hein ?

— On est partis dans un petit quart d'heure.

Il n'y avait ni individu appartenant à la Brigade anti-quelque chose, ni automobile très banalisée de la Brigade anti-machin. C'était bien, tout ça, et moi, j'allais rencontrer Mlle Karen Warrenfield.

Donc j'arrivai au quatrième droite en me gardant bien de prendre l'ascenseur, et la porte était ouverte d'un magnifique appartement aux grandes fenêtres donnant sur la Seine. J'entrai pour voir toutes ces jolies choses et quelle moquette épaisse dans ce hall fleuri. J'eus envie d'une cigarette et mes gants de cuir noir effleuraient des choses.

Mlle Karen Warrenfield (qui donc serait-ce d'autre ?) était étendue sur la splendide moquette lie-de-vin, vêtue d'un kimono de soie grège qui me parut bien trop classique. Mlle Warrenfield ? Mais non, *madame* Warrenfield, où donc avais-je la tête ? Elle était très belle et les traits de la pute qu'elle fut demeuraient encore sur le visage. Un lacet de cuir très étroit avait remodelé d'une façon spéciale le cou très allongé et avait également modifié très nettement les détours et contours du visage au menton un peu lourd. Une langue énorme sortait de la bouche et venait donc desservir l'aspect général.

Le fait est que je me surpris à hocher la tête.

À la descente, je m'offris l'ascenseur, parce qu'il était urgent d'être ailleurs. Je passai devant la concierge, la remerciai d'être absente, fus sur le trottoir du quai Voltaire, enlevai mes gants.

Et l'homme qui venait à ma rencontre, examinant une plaque de goudron fraîchement appliqué, était indubitablement Paul Warrenfield.

— Vous avez bien fait, dis-je.

Il avait manqué de me rentrer dedans, il me regarda d'un air terrifié.

— Vous l'avez tuée et vous avez bien fait, mais il ne faut sans doute pas rester à tourner dans le secteur.

— Vous... vous êtes qui ?

— Un homme qui regarde parfois des cassettes vidéo.

Il devint encore plus blanc qu'il n'était.

— Vous aussi ? Vous...

Il devait déjà penser que je reprenais cette saloperie à mon compte.

— Venez, dis-je, c'est fini. Un Australien ne saurait connaître en détail le blanc de turbot de la *Tour d'Argent*.

Je mis un temps, ajoutai :

— La police va se dire qu'elle veut le mari.

— En ce moment, je suis à New York.

— Ce n'est pas bête.

— Vous allez m'expliquer ?

— En détail. Mais il y a une jolie jeune fille qui m'attend. L'addition sera pour vous.

DÉJÀ PARUS DANS LA MÊME COLLECTION

1828. *La Proie pour Londres*. James Carter
1829. *Le Diable à quatre*. Claude Joste
1830. *À quoi bon ?* M.-G. Prêtre
1831. *Feu le Baron*. Claude Joste
1832. *Une Ombre de mort* (Contact-4). Michel Cousin
1833. *Le Marchand de Mort a trahi* (Le Marchand de Mort-12). J. Rosenberger
1834. *Le Cimetière des éléphants*. Paul Sala
1835. *Commission Desperados*. Christian Mantey
1836. *La Clef*. André Lay
1837. *Errare*. Philippe Randa
1838. *Un Doigt de culture* (Le Privé-7). Jean Mazarin
1839. *Mais Juana n'était pas morte*. Mario Ropp
1840. *La Morte de Bruges*. David Morgon
1841. *Métro Convention*. Brice Pelman
1842. *Brelan d'étoiles*. Claude Joste
1843. *Au point où j'en suis*. G. Morris
1844. *À fleur de peau*. J.-M. Valente
1845. *Balle de match*. M.-G. Prêtre
1846. *L'Or en branches...* Roger Faller
1847. *L'Homme au doigt coupé*. Gilbert Picard
1848. *Le Bal des débris*. Thierry Jonquet
1849. *La Flamme et le pantin*. Éric Verteuil
1850. *Horreur au Mato Grosso* (Le Marchand de Mort-13). J. Rosenberger
1851. *Banlieue Sud*. Thierry Lassalle
1852. *Couvre-toi, shérif*. André Lay
1853. *Le Dossier rose* (Contact-5). Michel Cousin
1854. *Le Testament inavouable*. Michel Quint
1855. *Une Langouste en or massif*. Michel Germont
1856. *Prête-moi ton visage*. Roger Vilard

1857. *Requiem pour un tricheur*. Giova Selly
1858. *Question de couleur*. M.-G. Prêtre
1859. *La Main du saigneur*. J.-P. Bastid et M. Martens
1860. *Adorables victimes*. David Morgon
1861. *Haines sur la cité*. Luc Vernon
1862. *Silhouettes de mort sous la lune blanche*. Kââ
1863. *L'Adultérophilie*. James Carter
1864. *La Vengeance du Faucon d'Or* (Le Marchand de Mort-14). J. Rosenberger
1865. *Tableaux de chasse*. M.-G. Prêtre
1866. *La Baleine amoureuse* (Contact-6). Michel Cousin
1867. *La Marraine*. Gilbert Picard

Achevé d'imprimer en janvier 2003
sur presse Cameron
par ***Bussière Camedan Imprimeries***
à Saint-Amand-Montrond (Cher)

Composition réalisée par NORD COMPO

Imprimé en France

Dépôt légal : février 2003.
N° d'édition : 30580. – N° d'impression : 030161/4.

ISBN 2-7024-8025-X

Edition N° 1